Cat. de M. Londolphe de Virmond

24 juin 1892

CATALOGUE
DES
LIVRES RARES ET CURIEUX
de la Bibliothèque de M. L. DE V*** (Virmond)

POÈTES FRANÇAIS DES XVIe ET XVIIe SIÈCLES
ROMANS ET CURIOSITÉS LITTÉRAIRES
DU XVIIIe SIÈCLE, ROMANTIQUES, MÉLANGES
LIVRES EN LOTS, OUVRAGES EN NOMBRE
ETC., ETC.

VENTE AUX ENCHÈRES PUBLIQUES
LE VENDREDI 24 JUIN 1892 ET JOUR SUIVANT
A 7 heures 1/2 du soir
A LA LIBRAIRIE A. CLAUDIN
16, RUE DAUPHINE, 16
(Première cour, au rez-de-chaussée, à droite)
Par le ministère de Me G. BOULLAND, Commissaire-Priseur
26, Rue des Petits-Champs, 26.

PARIS
A. CLAUDIN, LIBRAIRE-EXPERT ET PALÉOGRAPHE
16, rue Dauphine (près le Pont-Neuf)

M.D.CCC.XCII

CATALOGUE

DE

LIVRES RARES ET CURIEUX

CATALOGUE

DES

LIVRES RARES ET CURIEUX

de la Bibliothèque de M. L. DE V***

POËTES FRANÇAIS DES XVIe ET XVIIe SIÈCLES
ROMANS ET CURIOSITÉS LITTÉRAIRES
DU XVIIIe SIÈCLE, ROMANTIQUES, MÉLANGES
LIVRES EN LOTS, OUVRAGES EN NOMBRE
ETC., ETC.

VENTE AUX ENCHÈRES PUBLIQUES

LE VENDREDI 24 JUIN 1892 ET JOUR SUIVANT

A 7 heures 1/2 du soir

A LA LIBRAIRIE A. CLAUDIN

16, RUE DAUPHINE, 16

(Première cour, au rez-de-chaussée, à droite)

Par le ministère de Me G. BOULLAND, Commissaire-Priseur

26, Rue des Petits-Champs, 26.

PARIS

A. CLAUDIN, LIBRAIRE-EXPERT ET PALÉOGRAPHE

16, rue Dauphine (près le Pont-Neuf)

M D CCC.XCII

CATALOGUE

DE

LIVRES RARES

ET CURIEUX

THÉOLOGIE. — JURISPRUDENCE. SCIENCES ET ARTS.

1. — Théologie. 7 vol. in-8 et in-12, rel. et br.

Le Nouveau Testament, version de J. F. Ostervald. *Paris*, 1876. — Le Culte domestique pour tous les jours de l'année, par N. Roussel. *Paris*, 1854, 2 vol. — Imitation de J.-C. *Paris*, 1860. — Mémorial religieux et biblique, par G. Peignot. *Dijon*, 1824. — Lettres d'une dame de qualité sur sa vie mondaine à son directeur. *Cologne, s. d.* (*XVIIIe siècle*). — Méditations évangéliques, par A. Vinet. *Paris*, 1849.

2. — Théologie, histoire des religions. 7 vol. de divers formats, rel. et br.

Nouveau Testament, version de J. Ostervald. *Paris*, 1876. — Compendio de los milagros de nuestra senora del Pilar de Zaragoza, recopilados por el D. Josef de Amada. *Zaragoza*, 1876. — De l'inspiration des Camisards, par H. Blanc. *Paris*, 1859. — L'abolition du Calvinisme, par J.-L. de Rouvrai. *Paris*, 1650. — Du rabbinisme et des traditions juives, par Michel Berr. *Paris*, 1832. — Recherches curieuses sur la diversité des langues et des religions, par Ed. Brerewod, tr. en français par I. de la Montagne. *Paris*, 1667. — La Porte ouverte pour parvenir à la connoissance du paganisme caché, par A. Roger. *Amsterdam*, 1670, fig. (*Titre raccommodé*).

3. — Mémoires de Luther écrits par lui-même, traduits et mis en ordre par J. Michelet. *Paris*, 1854, 2 vol. in-8, dem.-rel. chag.

4. — Histoire des Pasteurs du Désert, dep. la révocation de l'Edit de Nantes, par Nap. Peyrat. *Paris*, 1842, 2 vol. in-8, dem.-rel. chag. vert. — Un

Sermon sous Louis XIV, par L.-F. Bungener. *Genève*, 1844, in-8, br. — Ens. 3 vol.

5. — Jurisprudence. 4 vol.

Les cinq Codes en vigueur en Belgique. *Bruxelles*, 1865, in-18, dem.-rel. — Edit du roy pour la pacification des troubles. *Paris*, 1616, in-8, couv. pap. — Réflexions sur les moyens propres à diminuer les crimes, par Vidocq. *Paris*. 1844, in-8, br. — Lettres sur la profession d'avocat, par Camus. *Paris*, 1777, in-12, v. m.

6. — Les Essais de Michel Seign. de Montaigne, édition corrigée et augm. d'un tiers outre les prem. impressions. *Paris*, 1625, in-4, vél. à recouv.

7. — Les Caractères de Théophraste, trad. du grec avec les Caractères ou les mœurs de ce siècle (par La Bruyere), septième édition reveue et augmentée. *Paris*, *Michallet*, 1692, in-12, dem.-toile Bradel.

Exemplaire grand de marges. Haut. : 165 mill.

8. — L'Origine du Pain, ou l'homme dans la communauté de bien, promenade solitaire, par Coutisson Menilek. *Bergerac*, *Puynesge*, 1786, pet. in-8, v. m.

Impression périgourdine, rare.

9. — Philosophie, morale. 7 vol. in-12 et in-18, reliés.

Le Caractère d'un véritable et parfait amy (par Portes). *Paris*, 1695. — Le Zodiaque de la vie, par de La Monnerie. *La Haye*, 1731. — Pensées philosophiques (par Diderot). *Aux Indes*, 1748. — Lettres parisiennes sur le désir d'être heureux (par l'abbé Jacquin). *Amsterdam*, 1759. — Variétés d'un philosophe provincial (par l'abbé Champion de Pontalier). *Paris*, 1767, 2 vol. — L'homme de lettres et l'homme du monde (par de Bignicourt). *Orléans*, 1774.

10. — Philosophie, morale. 10 vol. in-18, in-12 et in-8, rel. et brochés.

Le démêlé de l'esprit et du cœur (par l'abbé de Torche). *Paris*, 1668. (*Raccommodages et mouillures*). — Les Hommes (par de Varennes). *Aix-la-Chapelle*, 1713. — Essai sur les mœurs (par Soret). *Bruxelles*, 1756. — La Coquette corrigée, comédie, par Delanoue. *Paris*, 1757. — Loisirs philosophiques (par Blondel). *Paris*, 1756. — Pièces fugitives (par Méhégan). *La Haye*, 1755. — Encyclopédie de pensées, de maximes et de réflexions (par Alletz). *Paris*, 1761. — Des Passions et de l'Amitié (par d'Arconville). *Londres*, 1764, 3 *fig. par Lempereur*,

1 *fleuron et 1 vig. par Tardieu.* — Hylaire, par un métaphysicien (par Marchand). *Amsterdam*, 1767. — Diversités morales, par l'abbé de Brueys. *Paris*, 1782. — Tablettes d'un sceptique, par Ch. Lemesle. *Paris*, 1844. — Une heure de solitude, par Alp. Grün. *Paris*, 1847.

11. — Philosophie et morale. 8 vol. in-12, rel.

Réflexions sur les défauts d'autruy (par l'abbé de Villiers). *Paris*, 1690. — Les Caractères, par Mme de Puisieux. *Londres*, 1750, 2 vol. — Le Voyageur philosophe, par M. de Listonai (de Villeneuve). *Amsterdam*, 1761, 2 vol — Variétés d'un philosophe provincial (par l'abbé Champion de Pontalier). *Paris*, 1767. — Pensées et observations modestes de M. le comte de B** (Barruel Beauvert). *Paris*, 1785. — Opuscules philosophiques (publiés par Suard). *Paris*, 1796.

12. — Philosophie, morale, etc. 10 vol. in-12, rel. et br.

Les Coudées franches (par Bordelon). *Paris*, 1713. — Essais sur divers sujets de littérature et de morale. par l'abbé Trublet. *Paris*, 1737. — L'Ecole de la volupté. *Dans l'isle de Calypso*, 1747. — Histoire naturelle de l'âme (par La Mettrie). *Oxford*, 1747. — Essais sur les passions et sur leurs caractères (par Montenault). *La Haye*, 1748, *front. et 2 vig. d'Eisen gr. par Le Mire.* — L'Ecole de l'homme (par Génard). *Amsterdam*, 1752. — Pensées et réflexions morales par un solitaire (par de Saint-Jean). *Paris*, 1768. — Bagatelles morales, par l'abbé Coyer. *Paris*, 1769. — Une heure de solitude, par A. Grün. *Paris*, 1847. — Nos Vérités. *Paris*, 1871.

13. — Philosophie, morale. 9 vol. in-8 et in-12, rel. et brochés.

Essai historique et philosophique sur le goût, par Cartaud de la Vilate. *Londres*, 1751. — Les Préjugés du public sur l'honneur, par Denesle. *Paris*, 1766, 3 vol. — Réflexions d'un jeune homme. par le chevalier de Feucher. *Paris*, 1786. — L'Esprit, par de la Beaumelle. *Paris, an XI.* — Petit volume contenant quelques aperçus des hommes et de la société, par J.-B. Say. *Paris*, 1818. — Recherches des vérités par les faits, par Valery. *Paris*. 1823. — Physiologie de l'opinion, par G. Louis. *Paris*, 1867.

14. — Philosophie, morale, politique. 8 vol. in-12 et in-8, rel.

Les Conversations (par le maréchal de Clérambaut et le chevalier de Méré). *Lyon*, 1677. — Présages de la décadence des empires (par Jurieu). *Mekelbourg*, 1688. — Essais historiques et philosophiques sur le goût (par l'abbé Cartaud de la Vilate). *La Haye*, 1737. — Les Caractères, par Mme de Puisieux. *Londres*, 1750. — Le Goût du siècle (par Riccoboni). *Genève*, 1765. — La Berlue (par Poinsinet de Sivry). *Londres*, 1760. — Du Plaisir (par Hennebert). — Considérations sur l'esprit et les mœurs (par Senac de Meilhan). *Londres*, 1787. — L'Art de sentir et de juger en matière de goût (par Seran de Latour). — Variétés d'un philosophe provinciai. (*Le titre manque*).

15. — Philosophie, morale, pensées et maximes. — 10 vol. in-12, rel. et brochés.

Lettres philosophiques (par l'abbé Saunier de Beaumont). *Paris*, 1733. — Œuvres de Mme la marquise de Lambert. *Paris*, 1748, 2 vol. — Conseils à une amie, par Mme de P** (Puisieux). *S. l.*, 1749. — Les Hommes (par de Varennes). *Paris*. 1751. 2 vol. — Mes loisirs (par le chevalier d'Arcq). *Paris*, 1756. — Elise ou l'idée d'une honnête femme, par Le Bret. *Paris*, 1766.— L'homme de lettres et l'homme du monde (par de Bignicourt). *Berlin*, 1774. — Esprit de Rivarol (par Fayolle). *Paris*, 1808.

16. — Philosophie, morale, pensées, etc. 6 vol. in-18 et in-8, rel. et brochés.

Sagesse de Louis XVI (par l'abbé de Petity). *Paris*, 1775, 2 vol., 5 *fig. par Gravelot*. — Doutes sur différentes opinions reçues dans la société (par Mlle de Sommery). *Paris*, 1784. — Pensées sur l'homme, le monde et les mœurs, par J. Dubay. *Paris*, 1813. — Maximes, réflexions et pensées diverses, par de Beauchêne. *Paris*, 1822. — Petit volume contenant quelques aperçus sur les hommes et la société, par J.-B. Say. *Paris*, 1839.

17. — Philosophie, morale, pensées, maximes, etc.— 10 vol. de divers formats, rel. et brochés.

Des hommes tels qu'ils sont et doivent être (par Blondel). *Hambourg*, 1759. — De la morale naturelle (par Suard). *S. l.*, 1787.— Pensées de J.-J. Rousseau. *Avranches*, 1792. — Pensées d'Horace, par Miger. *Paris*, 1812. — Epître de J.-F. de La Harpe (par Périn). *Paris*, 1814. — Pensées sur l'homme, par Ancillon. *Berlin* 1829. — Des dénonciateurs et des dénonciations (par Ymbert). *Paris*, 1816, *front.* — Des besoins et de l'esprit du siècle, par le vicomte de Saporta. *Paris*, 1842. — Jeunesse et maturité, par Rochpèdre. *Paris*, 1851. — Paroles de philosophie positive, par E. Littré. *Paris*, 1859.

18. — Sciences philosophiques. 10 vol. in-12, rel.

Traité du pouvoir absolu des souverains (par Elie Merlat). *Cologne*, 1685. — Le Théophraste moderne (par Brillon). *La Haye*, 1700. — Essai sur la nécessité et les moyens de plaire, par Moncrif. *Genève*, 1738. — Mes pensées (par La Beaumelle) *Copenhague*, 1751. — Les Caractères, par Mme de P** (Puisieux). *Londres*, 1751. — Les usages (par Treyssac de Vergy). *Genève*, 1763. — Réflexions diverses du chevalier de Bruix. *Paris*, 1758. — Réflexions critiques sur divers sujets. *Londres*, 1751. — Bagatelles morales, par l'abbé Coyer. *Francfort*, 1759. — Réflexions hazardées d'une femme ignorante (par Mme de Verzure). *Paris*, 1766. — L'Ami philosophe et critique (par Dom Aubry). *Paris*, 1776, front.

19. — Sciences philosophiques. 10 vol. in-12 et in-18, rel. et brochés.

Réflexions sur divers sujets (par l'abbé Pegère). *Paris*, 1711. — Introduction à la connaissance de l'esprit humain (par Vauvenargues). *Paris*, 1747. — Manuel de morale (par l'abbé Coupé). *Paris*, 1771. — Maximes de La Rochefoucauld. *Paris*, 1785. — Manuel révolutionnaire (par de Toulongeon). *Paris, an IV*. — Maximes, réflexions et pensées diverses (par Chauvet de Beauchêne). *Paris*, 1817. — Essai sur la destinée des mondes. *Paris*, 1836. — Pensées grises, par le Vte d'Izarn. *Paris*, 1856. — Violettes et pensées. *Paris*, 1865. — J.-J. Rousseau. Le Contrat social. *Paris*, 1873.

20. — Sciences philosophiques. 10 vol. in-8 et in-12. rel. et br.

Considérations sur le génie et les mœurs de ce siècle (par Soubeyran de Scopon). *Paris*, 1749. — Pensées philosophiques, morales et politiques (par Contant d'Orville). *Nancy*, 1768, *front*. — Le La Bruyère de la jeunesse, par A. M. *Paris*, 1824. — Réflexions et maximes, par de Lingrée (E. de Piètre). *Paris*, 1827. — Pensées diverses éparses (par Piault). *Paris*, 1844. — Les Malthusiens, par P.-J Proudhon. *Paris*, 1848. — Pensées et maximes, par Mme du Fay. *Paris*, 1855. — Claudia Bachi. Coups d'éventail. *Paris*, 1856. — E. Nus. Les grands mystères. *Paris*, 1866. — De la nature humaine, par Ch. Dollfus. *Paris*, 1868.

21. — Sciences philosophiques. 15 vol. de divers formats, rel. et brochés.

Les Mœurs (par Toussaint). *Oxford*, 1748. — Manuel de morale (par l'abbé Coupé). *Paris*, 1772. — Manuel de l'homme (par Dodsley). *Paris*, 1773. — L'Esprit des esprits. *Bruxelles*, 1784. — Le Conteur. *Paris*, 1789, 2 vol. — Pensées du cardinal de Retz. *Paris*, 1797. — L'Observateur au XIXe siècle, par St-Prosper. *Paris*, 1833, 3 vol.— Les Médecins moralistes, par Mme Woillez. *Paris*, 1862. – Pensées du général Pétiet. *Paris*, 1858. — Libres opinions, par Em. Montégut. *Paris*, 1858. — Gog et Magog, par Louis. *Paris*, 1873.

22. — Sciences philosophiques. 10 vol. in-12 et in-8, rel.

La Philosophie applicable à tous les objets de l'esprit, par l'abbé Terrasson. *Paris*, 1754. — Tableau du siècle (par Nolivos de St-Cyr). *Genève*, 1759. — Dictionnaire des passions (par Sabatier de Castres). *Paris*, 1777, 2 vol. — Doutes sur différentes opinions reçues dans la société (par Mlle de Sommery). *Paris*, 1783. — Catéchisme universel, par Saint-Lambert. *Paris, an VI*, 2 vol. — Pensées de Jean-Paul. *Paris*, 1829. — Misophilanthropopanutopies, par Ch. Lemesle. *Paris*, 1833. — Chamfort. Maximes, pensées. *Paris*, 1857.

23. — Sciences philosophiques. 10 vol. in-8 et in-12, rel. et br.

Le nouveau Démocrite (par Boyer de Ruvière). *Paris*, 1701. — Pensées diverses sur l'homme. *Paris*, 1738. — Les Hommes (par de Varennes). *Paris*, 1728. — Conseils de l'amitié (par Pernety). *Lyon*, 1749. — Considérations sur les mœurs de ce siècle, par Duclos. *Londres*, 1769. — La petite Encyclopédie (par de Chaumeix). *Anvers*, 1772. — Considérations sur l'esprit et les mœurs (par Maillhan). *Londres*, 1787. — Conseils de morale, par Mme Guizot. *Paris*, 1828. 2 vol. — L'Esprit de Diderot. *Leipzig*, 1858.

24. — Sciences philosophiques. 10 vol. in-12, rel. et br.

Dialogue de Platon. *Paris*, 1861. — Réflexions sur la politesse des mœurs, par l'abbé de Bellegarde. *Paris*, 1700. — Le Courtisan désabusé (par de Bourdonné). *Paris*, 1705, *front.* — Les Hommes (par de Varennes). *Paris*, 1712. — Réflexions diverses propres à former l'esprit et le cœur. *Paris*, 1749 — Le Diogène de d'Alembert, par de Prémontval. *Berlin*, 1759. — Esprit, saillies et singularités du P. Castel. *Paris*, 1763. — De l'opinion et des mœurs (par l'abbé Petiot). *Paris*. 1777. — Lorgnette philosophique (par Grimod de la Reynière). *Paris*, 1785, 2 vol.

25. — Sciences philosophiques. 10 vol. in-18 et in-12, rel. et br.

Amusements de la raison (par Seran de Latour). *Paris*, 1752, 2 vol. — Pensées républicaines. *Troyes, an II.* — Le Vagabond (par Lebas). *Paris*, 1807. — Maximes et essais, par de Lévis. *Paris*, 1811. 2 vol. — Quelques pensées, par Kératry. *Paris*. 1833. — Esquisses morales et politiques, par D. Stern. *Paris*, 1849. — Miroir des sages et des fous, par E. Catalan. *Paris*, 1862. — La Morale universelle, par le baron de Guldenstubbe. *Paris*, 1863.

26. — Philosophie, morale, pensées, maximes, etc. 9 vol. in-12 et in-18, rel. et brochés.

L'Aristippe moderne (par Denesle) *Paris*, 1738. — Pensées de Montagne propres à former l'esprit et les mœurs. *Amsterdam*, 1703, *front.* — Pensées de C.-J.-B. Bonnin. *Paris*, 1824. — Pensées de Nicole. *Paris*, 1833. — Le Diamant, petit dictionnaire de pensées. *Paris*, 1845. — Quintessences, par A. Guyard *Paris*, 1855. — Etudes morales et littéraires *Paris*, 1860 — A. Berthet. Mes lunes. *Paris, s. d.* — Le La Rochefoucauld des Dames. *Paris, s. d., fig.*

27. — Pensées. 6 vol. in-18 et in-12, brochés.

G. Rœder. Physiologie du sentiment. *Paris*, 1853. — J. Petit-Senn. Bluettes et boutades. *Paris*, 1856 — J. Caselli Vita tristis. *Paris*, 1865. — Gavarni. Manières de voir et façons de penser *Paris*, 1869. — Dix épines pour une fleur, par A. d'Houdetot. *Paris, s. d.* — Les Patenôtres d'un surnuméraire, par J. Delaroa. *Lyon*, 1874.

28. — Education. 10 vol. in-12 et in-18, br. et rel.

Instruction morale d'un père à son fils, par Sylvestre du Four. *Lyon*, 1680. — Instructions pour un jeune seigneur (par de la Chetardye). *Paris*, 1682. — Les véritables devoirs de l'homme d'épée (par Rémond des Cours). *Amsterdam*, 1697. — Conseils d'un homme de qualité à sa fille, par le marquis d'Halifax. *La Haye*, 1698, front. — Avis d'un père à sa fille, par le marquis d'Halifax. *Londres*, 1757. — L'Homme gouverneur de son fils, par de Jumigny. *Paris*, 1780. — Logique pour les demoiselles, par Wandelaincourt. *Paris*, 1782. — Lettres choisies de lord Chesterfield à son fils. *Paris*, 1804. — Histoire de la conversation, par E. Deschanel. *Paris*, 1859. — E. Chapus. Manuel de l'homme et de la femme comme il faut. *Paris, s. d.*

29. — Sciences naturelles, chasse, jeux. 7 vol. in-8 et in-12, br. et rel.

Le Bouquet du sentiment ou allégorie des plantes. *Chalon*, 1816, *fig. color.* — Nouvelles études de la nature, par Mme Robert Gustave. *Paris*, 1824, *fig.* — Instruction sur les soins à donner aux chevaux pour les conserver en santé. *Corbeil, an III.* — Almanach des chasseurs et des gourmands. *Paris, s. d.* — De la natation, par le Vte de Courtivron. *Paris*, 1823, *fig.* — Les Récréations galantes. *Paris*, 1671. (*Fatigué.*) — Art de bien jouer au trente-un. *Paris*, 1829.

30. — Histoire naturelle de la femme, par J. Moreau (de la Sarthe). *Paris*, 1803, 3 vol. in-8, dem.-rel. (*Les pl. manquent*). — Traité des affections vaporeuses, par Pomme. *Lyon*, 1765, in-8, v. m.— Ens. 4 vol.

31. — Pauli principis de la Scala, primi tomi miscellaneorum, de rerum caussis et successibus atq. secretiori methodo ibidem expressa, effigies ac exemplar, nimirum, vaticiniorum et imaginum Joachimi Abbatis Florensis Calabriæ, et Anselmi Episcopi Marsichani. *Coloniæ Agripp.*, 1570, pet. in-4, dem.-rel.

Commentaire très ample des prophéties de l'abbé Joachim et de l'évêque Anselme, par Paul Scaliger, accompagné de 31 figures sur bois contenues dans de beaux cadres ornementés.

32. — La Chyromantie naturelle de Ronphyle. *Paris*, 1671, in-12, fig., cart.

33. — L'Œuvre de Moreau le jeune, notice et catalogue, par Henri Draibel (Beraldi). *Paris*, 1874, in-8, port., br. (*Tiré à 200 exemplaires*). — Les

Artistes français, études d'après nature, par Th. Silvestre. *Bruxelles*, 1861, pet. in-8, port., br. — H. de la Madelène. Eugène Delacroix à l'exposition du boulevard des Italiens. *Paris*, 1864, gr. in-8, fig., br. — Ens. 3 vol.

34. — Histoire des artistes vivants français et étrangers, études d'après nature, par Th. Silvestre, illustrée de 11 portraits gravés sur acier. *Paris, s. d.*, gr. in-8, fig., br.

35. — Beaux-Arts. 4 vol.

Cent dessins de maîtres. *Paris, s. d.*, in-4, cart. toile. — Les Estampes de Champfleury. *Paris*, 1891, gr. in-8, fig., br. — Le moyen de devenir peintre en trois heures. *Amsterdam*, 1772, in-12, front., br. — Diogène au Salon de 1861, par Le Guillois. *Paris, s. d.*

36. — Sacræ historiæ acta a Raphaele Urbin. in Vaticanis xystis ac picturæ miraculum expressa Nicolaus Chapron Gallus a se delineata et incisa. *Romæ*, 1649, in-fol. oblong, front. et 52 pl. gravées, v. m.

37. — Vict. Champier. Les anciens almanachs illustrés. Histoire du calendrier dep. les temps anciens jusqu'à nos jours, ouvrage accompagné de 50 planches hors texte en noir et en couleur. *Paris*, 1886, gr. in-fol. en feuilles, dans un carton.

38. — Almanachs. 14 vol. de divers formats, rel. et br.

Almanach de santé. 1774. — Almanach des grâces. 1788. — Almanach de la Samaritaine. 1788 — Almanach des célèbres françaises. 1790, *fig.* — Almanach des prosateurs. 1806. — Etrennes libérales 1822, *port.* — Almanach de la Mode de Paris. 1834, *fig.* — Le Règne de la Mode. *fig.* — Almanach politique. 1843, *fig.* — Almanach fantastique. 1850, *fig.* — Almanach de Jean Raisin. 1855 et 1860. *fig.* — Almanach parisien. 1867 et 1873, *fig.*

39. — Partition de la Rose, comédie en un acte en prose, représentée pour la 1re fois au Théâtre Feydeau le 6 sept. 1792, les paroles sont de Mlle Bodin, la musique est de M. Chapelle. MANUSCRIT in-4, de 164 pag., cart.

BELLES-LETTRES

I. — INTRODUCTION A LA LITTÉRATURE. — POÉSIE.

40. — Linguistique, pédagogie. 7 vol. in-12 et in-8, rel. et br.

L'Art de bien parler allemand. *Strasbourg*, 1731. — Dialogues sur l'éloquence, par Fénelon. *Paris*, 1810. — Conversations d'une mère avec sa fille, en français et en anglais. *Paris*, 1816, *front.* — Rapport de M. Cousin sur le projet de loi sur l'instruction primaire. *Paris*, 1833. — Notions pour connaître promptement la règle des participes, par Loire. *Paris, s. d.* — J. Tell. Les Grammairiens français. *Paris*, 1874. — L'Écho de la Sorbonne.

41. — Philomathi musæ juveniles. *Antuerpiæ, offic. Plantiniana*, 1654, in-8, fr. gravé, v. m. — Ægidii Menagii Poemata. *Parisiis*, 1668, in-8, v. m. — Ens. 2 vol.

42. — Introduction à la littérature. 12 vol. in-8 et in-12, rel. et br.

Histoire de la poésie française, par l'abbé Massieu. *Paris*, 1739. — Traité de la poésie française, par le P. Mourgues. *Paris*, 1754. — Lycée ou analyse critique des chefs-d'œuvre littéraires, par Mansart. *Londres*, 1830. — Histoire de la littérature française, par Desprez. *Paris*, 1837. — De la littérature française au XIXe siècle, par Desmarais. *Paris*, 1837. — Résumé de l'histoire de la littérature française, par Baron *Bruxelles*, 1840. — Histoire de la littérature, par E. Lefranc. *Paris*, 1841. — Histoire littéraire des femmes françaises, par Ch. Yves. *Paris*, 1853. — Album poétique des jeunes personnes, par A. Tastu. *Paris*, 1854. — Précis historique de la littérature française, par L. Jaunay. *Paris*, 1877. — Bernardin. Morceaux choisis des classiques français du XIXe siècle. *Paris*, 1886. — A. Cahen. Morceaux choisis des auteurs français. *Paris*, 1890.

43. — Introduction à la littérature. 10 vol. in-12 et in-8, br. et rel.

Hist. de la poésie française, par l'abbé Massieu. *Paris*, 1739. — Trésor littéraire des jeunes personnes, par G. Duplessy. *Tours*, 1842. — Histoire de la poésie française à l'époque impériale, par Jullien. *Paris*, 1844, 2 vol. — Précis historique et chronologique de la littérature française, par A. Bougeault. *Paris*, 1860. — Histoire de la poésie française au moyen âge, par l'abbé Henry. *Paris*, 1861. — Etudes littéraires, par Ph. de Montenon *Paris*, 1862. — Littératures anciennes et modernes, par Huré et Picard. *Paris*, 1863, 2 vol. — Littérature de la jeunesse, par A. Vinet. *Lausanne*, 1870.

44. — Les Poètes français, dep. le xiie siècle jusqu'à Malherbe, avec notice histor. et littér. sur chaque poète (par Crépet). *Paris*, 1824, 6 vol. in-8, br.

45. — Recueil des pl. belles pièces des poètes françois. dep. Villon jusqu'à Benserade. *Paris*. 1752, 6 vol. in-18, dem.-rel. — Le nouv. trésor du Parnasse, ou élite des poésies fugitives. *Liège*, 1772, 6 vol. in-18, v. rac. — Ens. 12 vol.

46. — Recueil de poésies françoises des xve et xvie siècles, morales, facétieuses, historiques, réunies et annotées par A. de Montaïglon. *Paris*, 1855, 10 vol. in-12, pap. vergé, cart. toile, non rog.

47. — Petits poètes français, dep. Malherbe jusqu'à nos jours, avec notices biograph. et littér. par Prosp. Poitevin. *Paris*, 1856, 2 vol. gr. in-8, br.

48. — Les Œuvres de Guillaume de Machault (publiées par P. Tarbé). *Reims*, 1849, in-8, dem.-rel. chag. viol., avec coins.

Un des 8 exemplaires sur papier bleu.

49. — L'Amant rendu cordelier à l'observance d'amours, poème attribué à Martial d'Auvergne, publié d'après les mss. et les anc. éditions, par A. de Montaiglon. *Paris*, 1881, in-8, pap. vergé, cart. toile, non rog.

50. — La Grande Diablerie, poème du xve siècle, par Eloy d'Amerval. *Paris*, *Hurtrel*, 1884, in-18, eaux-fortes et vig. de Fraipont, br.

51. — Le Livre des Cent Ballades, publ. d'après trois mss., avec introd., notes histor. et glossaire, par le marquis de Queux de Saint-Hilaire. *Paris*, 1868-1874, 2 part. in-8, pap. vergé, br. — La Fleur de toute joyeuseté, contenant épistres, ballades et rondeaux joyeux et fort nouveaux. *Paris*, 1830, 2 vol. in-16, goth., cart., non rog. (*Tiré à 76 exemplaires*). — Ens. 4 vol.

52. — La Légende de Maistre Pierre Faifeu, mise en vers par Charles Bourdigné. *Paris, Coustelier*, 1723, pet. in-8, v. br., fil. (*Bel exemplaire*). — Un Émule de Clément Marot. Les Poésies de Germain Colin Bucher Angevin, publiées pour la prem. fois avec notice, notes, tables et glossaire, par J. Denais. *Paris*. 1890, in-8, pap. vergé, br. — Ens. 2 vol.

53. — Œuvres de Coquillart, édit. revue et annotée par C. d'Héricault. *Paris*. 1857, 2 vol. in-16, pap. vergé, cart. toile, non rog. — Œuvres complètes de Gringore, réunies pour la pr. fois par C. d'Héricault et A. de Montaiglon. *Paris*, 1858. in-12, pap. vergé, cart. toile, non rog. (*Tome I*). — Ens. 3 vol.

54. — Œuvres de Roger de Collerye, publ. avec préface et notes par Ch. d'Héricault. *Paris, Jannet*, 1855, in-16, pap. vergé, cart. toile rouge, non rog. — Le Papillon de Cupido, composé par Jehan Martin, seigneur de Choisy. *Genève, Gay*, 1868, pet. in-12, pap. vergé, br. — Œuvres inédites de P. Motin, publ. avec notice et notes par Paul d'Estrée. *Paris*, 1882, in-12, pap. vergé, br. — Ens. 3 vol.

55. — Le Second enfer d'Etienne Dolet. suivi de sa traduction des deux dialogues platoniciens l'Axiochus et l'Hipparchus, notice bio-bibliographique par un bibliophile (G. Brunet). *Paris et Bruxelles*, 1868, in-8, pap. vergé. br. — Délie, objet de plus haute vertu, poésies amoureuses, par Maurice Sève, lyonnais. *Lyon*, 1862, in-8, pap. vergé, port. et vign. dans le texte, br. — Rymes de gentile et vertueuse dame D. Pernette du Guillet, lyonnoise. *Lyon*, 1864, in-8, pap. vergé, br. — Ens. 3 vol.

56. — Recueil de vraye poésie françoise, imprimé pour la première fois à Paris en 1544. *Genève, Gay*, 1869, pet. in-12, br. — L'Amoureux passetemps déclaré en joyeuse poésie par plusieurs épistres.

Lyon, B. Rigaud, 1562, pet. in-12, br. — La Récréation et passetemps des tristes, recueil d'épigrammes et de petits contes en vers. *Paris, Gay*, 1862, pet. in-12, dos et coins de mar. vert, tête dor., non rog. — Le Désert des muses ou les délices de la satyre gallante. *Paris, P. Lamy, s. d.*, pet. in-12, br. — Ens. 4 vol.

Réimpressions à 100 exemplaires numérotés sur papier vergé.

57. — Le Mespris de la Court (*sic*), avec la vie rustique, trad. d'espagnol en françoys (par Ant. Alaigre, de Clermont en Auvergne). *A Paris, G. Thiboul*, 1551, in-16, v. fauve, fil., dos orné, dent.int., tr. dor. (*Closs*).

Petit volume rare et intéressant. A la suite de l'ouvrage de Guevare on a réuni les poésies suivantes : *La Parfaite amye de court*, par Ant. Heroet, dit la Maison neufve ; *L'Amye de court*, par le Sgr de Borderie ; *la Contre amye de court*, par Ch. Fontaine ; *l'Androgine de Platon*, par Ant. Heroet ; *l'Expérience de l'amye de court contre la contre amye*, par Paul Angier, Carentenois : *le nouvel Amour*, inventé par le sieur Papillon, des épistres amoureuses de Marot et des dizains, par de Ste-Marthe.

58. — Evvres de Lovïze Labé, Lionnoize. *Lion, Durand et Perrin*, 1824, in-8, dem.-rel. v. rouge, non rog.

Bonne édition publ. par Cochard et Breghot du Lut.

59. — Les Œuvres poétiques de Pierre de Cornu, dauphinois, précéd. de sa vie, par G. Colletet, av. préface et notes (par P. Blanchemain). *Turin, Gay*, 1870, in-18, pap. vélin, br. — Œuvres poétiques de Marie de Romieu, publ. avec préface et notes par P. Blanchemain. *Paris*, 1878, in-12, pap. vergé, br. — Ens. 2 vol.

60. — Œuvres poétiques de Mellin de S. Gelais, édition augm. d'un très grand nombre de pièces latines et françoises (publ. par La Monnoye). *Paris*, 1719, pet. in-12, v. j. — Œuvres poétiques de J. Bastier de la Péruse, angoumoisin, 1529-1554, édition publ. par E. Gellibert des Seguins. *Paris*, 1867, in-8, pap. vergé, cart., non rog.

61. — Œuvres complètes de Melin de Sainct-Gelays, avec un commentaire inédit de B. de La Monnoye, des remarques de Em. Philippes-Beaulieux, Dezeimeris, etc., édition revue, annotée et publ. par Prosper Blanchemain. *Paris*, 1873. 3 vol. in-16, pap. vergé, cart., non rog.

62. — Les Œuvres et meslanges poétiques d'Estienne Jodelle, sieur du Lymodin. *Paris*, 1583, pet. in-12, v. m. (*Mouillures*).

63. — Elégies de Jean Doublet, suiv. des épigrammes et œuvres diverses. *Paris*, *Jouaust*, 1871, in-12, pap. vergé, br. — Les Vaux de Vire de Jean le Houx, publiés pour la prem. fois sur le ms. autographe du poète, avec introduct. et notes par A. Gasté. *Paris*, *Lemerre*, 1875, in-12, pap. vergé, br. — Les nouveaux satires et exercices gaillards d'Angot l'Eperonnière, texte original avec notice et notes, par P. Blanchemain. *Paris*, *Lemerre*, 1877, pet. in-12, pap. vergé, br. — Ens. 3 vol.

64. — Les Souspirs et les odes d'Olivier de Magny, texte original, avec notice, par E. Courbet. *Paris*, *Lemerre*, 1874-1876, 3 vol. pet. in-12, pap. vergé, br.

65. — Œuvres complètes de P. de Ronsard, édition publ. sur les textes les plus anciens, avec les variantes et des notes, par Prosp. Blanchemain. *Paris*, 1857-1867, 8 vol. in-16, cart. toile, non rog.

66. — Les Gayetez et les Epigrammes de Pierre de Ronsard, gentilh. Vandomois. *Turin*, *J.-Fr. Pico*, 1573, *portr. sur chine*. — Le Thrésor des joyeuses inventions du paragon des poésies. *Paris*, *vefve Jean Bonfons*, *s. d.* — Priapées de Maynard, publ. pour la prem. fois d'après les manuscrits. *Freetown*, 1864. — 3 ouv. en 1 vol. pet. in-12, v. éc., dent., non rog.

Réimpressions à 100 exemplaires numérotés.

67. — Poésies choisies de P. de Ronsard, publ. par

Becq de Fouquières. *Paris*, 1875, in-12, br. — L'Art poétique de Vauquelin de la Fresnaye, avec une notice par G. Pellissier. *Paris*, 1885, in-12, br. — Les Œuvres poétiques d'André de Rivaudeau, gentilhomme du Bas Poitou, publ. par C. Mourain de Sourdeval. *Paris*, 1859, in-8, cart., non rog. — Ens. 3 vol.

68. — Choix des poésies de Ronsard, Dubellay, Baïf, Belleau, Dubartas, Chassignet, Desportes, Regnier, précédé d'une introduction par Gérard. *Paris*, 1830, in-18, br. — Les Œuvres poétiques de Vauquelin des Yveteaux, réunies pour la première fois par P. Blanchemain. *Paris*, 1854, gr. in-8, pap. vergé, portr., br. — Ens. 2 vol.

69. — Poésies de Jaques Tahureau, publ. par Prosp Blanchemain, *Paris*, 1870, 2 vol. in-12, pap. vergé, dos et coins de maroq., fil., tête dor., non rogné.

70. — Œuvres poétiques de Jean Dorat, poète et interprète du roy, avec notice biograph. et notes, par Ch. Marty-Laveaux. *Paris*, *Lemerre*, 1875, in-8, port., pap. vergé, dem.-rel. mar. bleu, tête dor., non rog.

71. — Les Œuvres poétiques de Pontus de Tyard, seigneur de Bissy, avec notice biographique et notes par Ch. Marty-Laveaux. *Paris*. *Lemerre*, 1875, in-8, port., pap. vergé, dem.-rel. maroq. bleu, tête dor., non rog.

72. — Œuvres poétiques de Remy Belleau, avec notice biograph. et des notes par Ch. Marty-Laveaux. *Paris*, *Lemerre*, 1878, 2 vol. in-8, pap. vergé, port. à l'eau-forte, br.

73. — Evvres en rime de Jan-Antoine de Baif, secrétaire de la chambre du Roy, avec notice biograph. et des notes par Ch. Marty-Laveaux. *Paris*, *Lemerre*, 1882, 4 vol. in-8, pap. vergé, br.

74. — Œuvres poétiques d'Amadis Jamyn (Les), re-

venes, corrigées et augmentées en ceste dernière impression. A *Paris, Rob. le Mangnier*, 1579, 2 vol. pet. in-12, maroq. Lavall., fil., dos orné, dent. int., tr. dor. (*Bauzonnet*).

Bel exemplaire réglé. — Le second volume est EXTRÊMEMENT RARE.

75. — Œuvres poétiques d'Amadis Jamyn, avec sa vie, par Guill. Colletet, et une introduction par Ch. Brunet. *Paris, Willem*, 1879, 2 vol. in-16, br. — Poésies diverses tirées de la Muse chrestienne de Pierre Poupo, advocat au bailliage de Bar-sur-Seine, publ. avec notice et notes par Ernest Roy. *Paris*, 1886, in-12, pap. vergé, br. — Ens. 3 vol.

76. — Œuvres de Jean de la Taille, seigneur de Bondaroy, publ. d'après des documents inédits, par R. de Maulde. *Paris, Willem*, 1878-1882, 4 vol. in-16, br.

N° 36 du tirage à 100 exemplaires sur papier de Hollande.

77. — Œuvres poétiques de Guy de Tours, avec préface et notes par Prosp. Blanchemain. *Paris*, 1879, 2 vol. in-18, br. — Rondeaux et vers d'amour, par Jehan Marion, poète nivernois du XVIe siècle, publ. pour la prem. fois par P. Blanchemain. *Paris*, 1873, in-8, pap. vergé, dos et coins de maroq. violet, fil., dos orné, tête dor., non rog. (*Petit*). — Ens. 3 vol.

78. — Première Sepmaine ou création du monde de G. de Saluste, Sgr du Bartas. *Paris, J. Micard*, 1603, 2 part. en 1 vol. in-16, fig. sur bois, cart. — Les Quatrains des sieurs de Pybrac, Favre, et les tablettes de la vie et de la mort de Matthieu. *Amsterd.*, 1709, in-12, front., cart. — Ens. 2 vol.

79. — La Muse guerrière, dédiée à M. le comte d'Aubijoux (par de Trellon). *Paris, Abel l'Angelier*, 1589, in-8, vél., tr. dor.

Edition rare imprimée à Lyon par Pierre Ferdelat. — Bel exemplaire provenant de la bibliothèque Turner.

80. — Le Chansonnier huguenot du XVIe siècle (pu-

blié par H. Bordier). *Paris, Tross*, 1870, 2 vol. in-16, pap. vergé, maroq. rouge, comp. de fil. droits et courbés avec ornements à petits fers, large dent. int., doublé de tabis, tête dor., non rogné.

Bel exemplaire.

81. — Œuvres poétiques de Pierre de Brach, sieur de la Motte-Montussan, publ. et annotées par R. Dezeimeris. *Paris*, 1861, 2 vol. in-4, fig., pap. teinté, br.

82. — Le Plaisir des champs avec la vénerie, volerie et pescherie, poème en quatre parties, par Cl. Gauchet ; édition revue et annotée par P. Blanchemain. *Paris*, 1869, pet. in-8, pap. vergé, br. — Le Sandrin ou verd galand où sont naïfvement déduits les plaisirs de la vie rustique. *Paris*, 1609 (*Bruxelles, Gay*, 1863), pet. in-12, pap. vergé, dem.-toile Bradel, non rog. — Ens. 2 vol.

83. — L'Académie des modernes poètes françois, remplie des plus beaux vers que ce siécle réserve à la postérité. *Paris, Ant. du Brueil*, 1599, pet. in-12, maroq. Lavall., fil. à froid, tr. dor.

Recueil peu commun, composé de pièces de Rapin, Durand, Béroalde, de Porchères, du Perron, Bertaut, de Sponde, Passerat, Bouteroue, de la Goutte, de la Roque, Desportes, de Pont-Aimery, de Brach, Callier, Motin, de Saint-Luc, Ferron, R. Estienne et Malherbe. — Cachets de bibliothèque sur le titre.

84. — Imitations du latin de J. Bonnefons, avec autres gayetez amoureuses de l'invention de l'autheur. *Paris, Ant. du Brueil*, 1610, in-8, maroq. bleu, fil., tr. dor. (*Thibaron*).

Bel exemplaire.

85. — Les Œuvres poétiques de Bertaut, evesque de Séez, abbé d'Aunay, dern. édition, augmentée de plus de moitié outre les précéd. impressions. *Paris, R. Bertault*, 1633, in-8. vél.

Légères piqûres de vers.

86. — Les Œuvres poétiques de Bertaut, evesque de Sées, publ. avec introduct., notes et lexique, par

A. Chenevière. *Paris*, 1891, in-12, pap. vergé, cart. toile rouge, non rog. — Livret de vers anciens (par Tristan l'Hermite), publ. par J. Madeleine. *Paris*, 1638 (1885), pet. in-12, front., pap. vergé, br. — Les poésies de Saint-Pavin, publ. par P. Paris. *Paris*, 1861, in-8, br. — Ens. 3 vol.

87. — Nouveau recueil des plus beaux vers de ce temps. *Paris, Touss. du Bray*, 1609, in-8, maroq. vert jans., fil. à froid, tr. dor. (*Arnaud*).

88. — Les Muses gaillardes, recueill. des plus beaux esprits de ce temps, par A. D. B. (Ant. du Brueil), Parisien. *A Paris, Ant. du Brueil, s. d.* (*vers* 1610), pet. in-12 réglé, front. gravé, maroq. bleu jans., dent. int., tr. dor. (*Thibaron*).

Recueil rare et recherché. — Raccommodages à quelques feuillets.

89. — Le premier [second et troisième] livre de la Muse folastre recherchée des plus beaux esprits de ce temps. *Lyon, B. Ancelin*, 1611, 3 part. en 1 vol. pet. in-12, br. — Le premier [second et troisième] livre du Labyrinthe d'amour ou suite des Muses folastres, recherchée des plus beaux esprits de ce temps. *Rouen, Cl. Le Villain*, 1615, 3 part. en 1 vol. pet. in-12, dem.-rel. chagr. rouge, av. coins, tête dor., non rog.

Réimpressions sur papier vergé à 100 exemplaires numérotés faites par J. Gay, à Bruxelles, en 1863.

90. — Œuvres complètes de Théophile; édit. revue par Alleaume. *Paris*, 1855, 2 vol. in-12, pap. vergé, cart. toile, non rog. — Œuvres posthumes de Sénecé, publ. par E. Chasles et P.-A. Cap. *Paris*, 1855, in-16, pap. vergé, cart. toile, non rog. — Ens. 3 vol.

91. — L'Espadon satyrique, par le sieur d'Esternod, reveu et augmenté de nouveau. *A Cologne, Jean d'Escrimerie*, 1680, pet. in-12, fig., maroq. rouge, fil., tr. dor. (*Rel. ancienne*).

Jolie édition hollandaise très recherchée, qui s'annexe à la collection des Elzeviers. — Exemplaire dans une jolie reliure ancienne. Le bas du titre est raccommodé et la déchirure enlève la date d'impression.

92. — La Magdeleine de F. Remi de Beauvais, capucin de la province des Pais-Bas. *A Tournay, Ch. Martin*, 1617, in-8, front. et fig. gr. par Baes, maroq. Lavall , fil., fleurons, dos orné, tr. dor.

Poème rare et fort curieux, consacré par l'auteur à célébrer la fameuse courtisane Madeleine. Parmi les pièces laudatives adressées au prêtre de Beauvais sur son livre, se trouve un sonnet de la duchesse de Croy.

93. — Les Changemens de la bergère Iris, à la princesse de Conti, divisez en cinq chants et augmentez de nouveau de la Complainte de Léandre. Ensemble une élégie sur l'exil d'Ovide, par L. De Lingendes. *Lyon, Cl. Chastellard*, 1620. — Le Philandre de François Maynard. *Lyon*, 1620, 2 ouvr. en 1 vol. in-24, dos de mar. rouge, plats en veau. (*Rel. anc.*).

Petit volume rare.

94. — Œuvres poétiques de François de Maynard, publ. avec notice et notes par Gaston Garrisson. *Paris, Lemerre*, 1885, 3 vol. pet. in-12, pap. vergé, br.

95. — Diversitez poetiques, par le sieur du Vieuget. *A Paris, P. Billaine*, 1632, in-8; veau fauve, fil., dos orné, dent. int., tr. dor. (*Ve Niédrée*).

Exemplaire réglé. — Volume rare.

96. — Les Traverses du sieur de Resneville et ses œuvres poétiques. *A Paris, Touss. du Bray*, 1624, in-8, maroq. Lavall., fil., tr. dor.

97. — Le Séjour des Muses ou la Cresme des bons vers triez du meslange et cabinet des sieurs de Ronsard, du Perron, Aubigny père et fils, de Malherbe, de Lingendes, Motin, Maynard, Théophile, de Bellan et autres bons autheurs. *A Lyon, pour Martin Courant*, 1623, pet. in-12, maroq. rouge, fil., tr. dor. (*Hardy*).

98. — Tyr et Sidon, tragi-comédie, divisée en deux

journées (par J. de Schelandre). *Paris. Rob. Estienne*, 1628, in-8, front gravé, v. éc., fil., tr. dor.

Dans le même vol. on a relié : *Les Heures dérobées. A Paris, P. Deshayes*. 1633. C'est un recueil de poésies légères, dédié à M. Brioys, seigneur de Bagnollet, conseiller du roy, adjudicataire général des Aydes, par l'auteur, un de ses subordonnés, qui a signé la préface des initiales I. D. Parmi les pièces se trouve un petit poème sur la seigneurie de Bagnolet, près Paris.

99. — Le Parnasse des Muses ou recueil des plus belles chansons à danser. *Paris*, 1628, 2 vol. — La Fleur de poésie françoyse, recueil joyeux contenant plusieurs huictains, dixains, quatrains, chansons, etc., mis en notles musicalles par plus. autheurs. 1543, 1 vol. — Soit 3 vol. pet. in-12, dos et coins chagr. rouge, tête dor., non rog.

Réimpressions à 100 exemplaires numérotés, sur papier vergé.

100. — Les Œuvres de N. Frenicle, conseiller du roy et general en sa Cour des Monnoyes. *Paris, J. de Bordeaux*, 1629, in-8, maroq. bleu, fil., dos orné, dent. int., tr. dor. (*Thibaron*).

Très bel exemplaire.

101. — Premières satires de Dulorens, avec notice par P. Blanchemain. — Satires de Dulorens, édition de 1646, contenant 26 satires, précédée d'une notice littér. par E. Villemin. *Paris, D. Jouaust*, 1881-1869, 2 vol. in-12, le premier broché, l'autre en rel. dos et coins maroq. bleu, fil., dos orné, tête dor., non rog.

102. — Œuvres poétiques de Courval. — Sonnet publ. par Prosp. Blanchemain. *Paris*, 1876-1877, 3 vol. in-12, pap. vergé, br.

103. — L'Aminte du Tasse, tragi-comedie pastoralle accommodée au théâtre françois (et autres œuvres poetiques), par le sieur de Rayssiguier. *Paris*, 1632, in-8, vél. — Poésies chrestiennes de l'abbé Cotin. *Paris*, 1668, in-12, v. — Joseph ou l'esclave fidèle, poème (par Dom Morillon). *Turin*, 1679, in-12, demi-maroq. bleu, tr. peig. — Ens. 3 vol.

104. — Le Doux Entretien des bonnes compagnies ou recueil des plus beaux airs à danser. *Paris*, 1634. — Le nouveau Entretien des bonnes compagnies. *Paris*, 1635. — La Fleur des chansons amoureuses, où sont comprins tous les airs de court. *Rouen*, 1600. — Ens. 3 vol. pet. in-12, pap. vergé, br.

Réimpression à 100 exemplaires faite à Bruxelles, par J. Gay, en 1863.

105. — Chansons. 4 vol. in-12, rel. et brochés.

II. (3e, 4e et 5e) livre des Equivoques du sieur de Chancy. *Paris*. 1647. *Musique notée*. — Le Petit Chansonnier françois. *Genève*, 1778. — Chansons de l'abbé L'Attaignant. *Paris*, 1780. — Chansons folastres et récréatives de Gaultier Garguille. *Paris*, 1858.

106. — Les Œuvres poétiques du sieur Dalibray, divisées en vers bachiques, satyriques, héroïques, amoureux, moraux et chrestiens. *A Paris*, 1653. 6 part. en 1 vol. in-8, v. fauve, fil., dos orné, dent. int., tr. rouges.

Recueil de poésies estimé et qui se trouve difficilement. — Légères mouillures.

107. — L'Eslite des bons vers choisis dans les ouvrages des plus excellents poètes de ce temps. *Paris*, *Cl. Besongne*, 1653, in-8, dos et coins de maroq. bleu, fil., dos orné.

Exemplaire très grand de marges, avec nombreux témoins.

108. — Les Epistres en vers et autres œuvres poétiques de M. de Bois-Robert-Métel. *Paris, A. Courbé*, 1659, in-8, v. f., fil. — Les nouvelles Fleurs du Parnasse (par A. Noel). *Lyon*, *Gayet*, 1667, pet. in-12, v. j. — Ens. 2 vol.

109. — Les Œuvres du sieur de Saint-Amand. *Paris*, 1661, in-12, v. — Les Œuvres de Théophile. *Paris*, 1662, in-12, v. (*Mouillures*). — Vers héroïques (par le chevalier de l'Hermite). *S. l., n. d.*, in-4, v. m. — Ens. 3 vol.

110. — Les Voyageurs inconnus et autres œuvres curieuses du mesme autheur, tant vers que prose,

dédiées à MM. de l'Académie françoise. *Paris, Ch. de Sercy*, 1655, pet. in-12, maroq. vert jans., tr. dor. (*Hardy*).

111. — Poésies du XVIIe siècle. 4 vol. de divers formats, rel.

Recueil des œuvres burlesques de M. Scarron. *Rouen*, 1655, 2 part. en 1 vol. in-8, vél. — Recueil de poésies de divers autheurs (publ. par J. Conart). *Paris*, 1661, 2 part. en 1 vol. pet. in-12, vél. — Poésies nouvelles et autres œuvres galantes de M. de C. (Cantenac). *Paris*, 1665, 2 tom. en 1 vol. pet. in-12, v. (*Exempl. fatigué ; la fin de la 2e part. manque*). — Satires ou réflexions sur les erreurs des hommes et les nouvellistes du temps (par Du Camp d'Orgas). *Paris*, 1690, in-12, front. gravé, dem.-rel.

112. — Poètes du XVIIe siècle. 6 vol. in-12 et in-8, rel. et br.

Recueil de diverses poésies. *Paris*, 1660. — Contes nouveaux en vers (par de Saint-Glas). *Paris*, 1677. — Recueil de vers choisis. *Paris*, 1693. — Poésies diverses d'Ant. Rambouillet de La Sablière et de Fr. de Maucroix. *Paris*, 1825. — Le Cabinet satyrique. *Paris*, 1860. — Poésies diverses attribuées à Molière. *Paris*, 1869.

113. — Les Œuvres de poésie de M. Perrin. *Paris, Est. Loyson*, 1661, in-12, front. gravé, dos et coins veau jaspé, tr. dor. (*Le titre imprimé manque*). — La Muse mousquetaire, œuvres posthumes de M. le chevalier de Saint-Gilles. *Paris, G. de Luynes*, 1709, in-12, chagr. rouge, fil. à froid, tr. dor. (*Raccommodage au titre*). — Ens. 2 vol.

114. — Poètes du XVIIe siècle. 4 vol. in-12, rel. v.

Guerre comique (par Desmarets). *Paris*, 1668. (*Coupure au titre*). — Recueil de divers ouvrages en prose et en vers, par Perrault. *Paris*, 1676. — Recueil de vers choisis, par le R. P. Bouhours. *Paris*, 1693. — Dialogue ou satyre X du sieur D***. *Paris*, 1714.

115. — Recueil des plus beaux vers qui ont esté mis en chant, avec le nom des autheurs tant des airs que des paroles (publ. par de Bacilly). *Paris*, 1661, in-12, front., v. j.

116. — La Muse coquette, ou les délices de l'honneste amour et de la belle galanterie. Première [et deuxième] partie recueillie par le sieur Colletet.

Paris, J.-B. Loyson, 1665, 2 part. en 1 vol. pet. in-12, v. br., fil., tr. dor. (*Petit*).

Bel exemplaire provenant de la vente Guy Pellion.

117. — La Muse nouvelle ou les agréables divertissemens du Parnasse, par T. de Lorme. *Lyon, Ch. Mathivet*, 1665, pet. in-12, front. gravé et portrait, maroq. bleu, fil., tr. dor. (*Thibaron-Echaubard*).

Exemplaire des collections Didot et Renard, de Lyon.

118. — Poésies de Benserade publ. par Oct. Uzanne. *Paris*, 1875, in-8, eaux-fortes, pap. vergé, br. — Œuvres choisies de Sénecé, édition publ. par Em. Chasles et P.-A. Cap. *Paris*, *Jannet*, 1855, in-16, pap. vergé, cart. toile rouge, non rog. — Ens. 2 vol.

119. — Les Œuvres de M. de Montreüil. *Paris*, 1666, in-12, v. m. — Les Œuvres de Sarasin. *Paris*, 1685, 2 tom. en 1 vol. pet. in-8, portr., v. j. — Les Œuvres de M. de Voiture. *Paris*, 1691, 3 part. en 1 vol. in-8, v. (*Rel. fat.*). — Ens. 3 vol.

120. — Poésies de Madame la comtesse de la Suze. *Paris*; *Ch. de Sercy*, 1666, in-12, maroq. rouge, fil. à froid, tr. dor.

121. — Les Nouvelles Fleurs du Parnasse (par A. Noël). *Lyon, D. Gayet*, 1667, pet. in-12, mar. bleu, fleurons aux angles des plats et au dos, dent. int., tr. dor. (*Duru et Chambolle*).

Raccommodages à quelques feuillets.

122. — La Fontaine. Contes et nouvelles en vers. *Amsterd.*, 1718, 2 tom. en 1 vol. in-12, v. (*Rel. fatig.*). — Fables choisies mises en vers. — Le Branle tragi-comique des traitans avec le concert comique des coquetes. *Paris, s. d.* (Le dernier feuillet manque). 2 ouvr. en 1 vol. in-12, v. — Les Amours de Psiché et de Cupidon. *La Haye*, 1724, in-12, front., v. — Ens. 3 vol.

123. — Œuvres inédites de J. de La Fontaine, recueill. pour la prem. fois par P. Lacroix. *Paris*, 1863, in-8, br. — Nouv. œuvres inédites de J. de

La Fontaine, avec une bibliographie générale de ses ouvrages, par P. Lacroix. *Paris*, 1869, in-8, portr., br. — Ens. 2 vol.

124. — Poésies. 8 vol. in-18 et in-12, rel. et brochés.

Les doux plaisirs de la poésie (par Louis Moréry). *Lyon*, 1666. — Nouveau choix de pièces de poésie (par Duval). *La Haye*, 1715, 2 vol. — Nouv. amusements poétiques. *Londres*, 1744. — Contes et poésies libres de Grécourt. *Londres*, 1797, front. — Amusemens d'un septuagénaire (par de Bologne). *Paris*, 1786. (Le titre manque). — Poésies de Vasselier. *Paris*, 1800. — Une Etincelle par jour. *Paris*, 1821.

125. — Poésies. 10 vol. in-12, rel.

Le Poète sincère (par Bonnecorse). *Anvers*, 1698. — Le Parterre du Parnasse françois, par Bonafous. *Amsterdam*, 1709. (*Frontispice*). — Poésies diverses de Mme de Saintonge. *Paris*, 1714, 2 vol. — Le Nouveau Juvénal satirique (par L. Petit). *Utrecht*, 1716. — Poésies diverses par Tanevot. *Paris*, 1732. — Portefeuille de Mme de T*** (par la marquise de Simiane). *Berlin*. 1751. (*Front.*). — Nouveaux amusemens poétiques de M. V*** (Vanière). *Paris*, 1756. — Poésies de Lainez. *S. l.*, 1756. — Choix de poésies légères. *Nyon*, 1783.

126. — Recueil de lettres galantes de Cléante et Belise. *S. l.* — L'Eslite des poésies héroïques et gaillardes de ce temps. *Imprimé cette année (à la Sphère)*, 1701. — Les Curieux punis, poème par Denesle. *Paris*. 1737. — Les Ombres, par l'auteur de Ver-Vert (Gresset). *Rotterdam*, 1736. — La Chartreuse, épitre, par l'auteur de Ver-Vert (Gresset). *Rotterdam*, 1736. — Histoire du prince Apprius, par Messire Esprit, gentilhomme provençal. *Imprimé à Constantinople, l'année présente.* 6 ouvr. en 1 vol. in-12, v. m. — Nouveau recueil de poésies héroïques et gaillardes de ce temps. *S. l.*, 1717, in-12, v. (*Aux armes*). — La Guerre des Dieux, poème en dix chants, par E. Parny. *Paris*, an VIII, in-12, dem.-rel. — Ens. 3 vol.

127. — Poésies. 10 vol. in-12, rel.

Poésies diverses, par Baraton. *Paris*, 1704. — Nouv. recueil des épigrammatistes françois (par Bruzen la Martinière). *Amsterdam*, 1724, 2 vol. — Morceaux choisis du portefeuille de Mlle Clairon. *Amsterdam*, 1762. — La Sagesse et la Folie (par Magny). *Paris*. 1766. — Nouvelle Anthologie françoise (par Sautreau de Marsy). *Paris*, 1769. — Etrennes voluptueuses (par Chevrier). *Londres*, *s. d.* — Mon petit portefeuille.

Londres, 1774. — Fables et contes philosophiques, par Barbe. *Paris*. 1771. — Vers satiriques. *S. l., n. d.*

128. — Poésies. 11 vol. de divers formats, rel. et br.

Œuvres diverses du sieur D** (de Blainville). *Paris*, 1714, 2 vol. (*Front.*). — L'Iliade, poème, avec un discours sur Homère, par de la Motte. *Paris*, 1714. (1 *front. et* 12 *fig. gr. par Edelinck*). — Poésies diverses de Desforges-Maillard. *Amsterd.*, 1750. — La Henriade travestie (par Fougeret de Montbron). *Berlin*, 1777. — La Papesse Jeanne, poème (par Borde). *Paris*, 1778. — Graves observations sur les bonnes mœurs (par Gudin). *A l'Hermitage*, 1779. — Opuscules de Mlle D'Ormoy. *En Arcadie*, 1784. (*Front.*). — S.-Roch et S.-Thomas (par Andrieux). *Paris*, an XI. — De Pace, carmen, auctore Luce de Lancival. *Parisiis*, 1802. — Les Jeux de mains, par Rulhière. *Paris*, 1808. — Choix des poésies de Barthe. *Paris*, 1810.

129. — Poésies. 10 vol. in-12 et in-8, rel.

Epigrammes, madrigaux et chansons, par Le Brun. *Paris*. 1714. — La Henriade travestie (par Fougeret de Monbron). *Berlin*, 1763. — Epîtres en vers, par Sélis. *Paris*, 1776. — Œuvres diverses de Léonard. *Liège*, 1777. (*Fig.*). — Opuscules poétiques, par le chevalier de Parny. *Amsterdam*, 1779. — Etrennes du Parnasse. *Paris*, 1776. — Poésies anciennes et modernes (par l'abbé Ducreux). *Paris*. 1781. — Contes par Andrieux. *Paris*, 1800. — Les Jeux de mains, par Rulhière. *Paris*, 1808. — Contes, par le comte de Ségur. *Paris*, 1809. — Poésies, par Ducis. *Paris*, 1809. — Anthologie française. *Paris*, 1816. 2 vol.

130. — Poésies. 10 vol. in-12 et in-8, rel.

Poésies de La Monnoye. *La Haye*, 1716. (5 *vign. par Bleyswick*). — Le Portefeuille d'un homme de goût (par l'abbé de la Porte) *Paris*, 1765. — L'Iliade en vers burlesques, par Marivaux. *Paris*, 1765. — La Béatitude des hommes, par D. L. de Besançon. *Paris*, 1775. — Choix des meilleures poésies anciennes et modernes. *Paris*, 1785, 2 vol. — L'Heureux Jour (par le marquis de Pezay). (*Une fig. et une vign. par Eisen*). — Les Satiriques du XVIIIe siècle. *Paris, an VIII*, 2 vol.

131. — Poésies du XVIIIe siècle. 8 vol. in-12 et in-8. rel. et brochés.

Epigrammes et autres pièces de Seneré. *Paris*, 1717. — Poésies et œuvres diverses de Mme Guibert. *Amsterdam*, 1764. — Les Aventures d'un jeune homme, par l'abbé de Longchamps. *Paris*, 1765. — Poésies diverses de M. Fleury. *Paris*, 1769. — Amusemens poétiques, par Légier. *Orléans*, 1769. — Amusemens rapsodi-poétiques. *Stenay*, 1773. — L'Art ïatrique, poème (par Bourdelin). *Paris*, 1776. — Le Potpourri, étrennes aux gens de lettres (par Brissot de Warville). *Londres*, 1777. — Contes en vers (par Daillant de la Touche). *Paris*, 1783. — Les Loisirs ou contes et poésies de M. Pons de Verdun. *Paris*, 1807

132. — Poëtes du XVIIIe siècle. 10 vol. de formats divers, reliés.

Lettres de M. de V*** (Voltaire), avec plusieurs pièces de différen auteurs. *La Haye*. 1738, in-12, v. m. — Les Folies ou poésies diverses de M. Fl*** (Fleury). *Paris*, 1761. in-8. v. m. — Poésies et œuvres diverses de M. de la Louptière. *Paris*. 1768, 3 vol. in-8, v. m. — Mélanges et fragmens poétiques en françois et en latin, par M. de Marvielles. *Paris*, 1777. in-18. v. m. — Recueil des poésies fugitives et contes nouveaux (par Piis). *Londres* (*Cazin*). 1784, in-18, v. m., tr. dor. — Opuscules du citoyen J.-A. Ségur. *Paris, an III*. in-8 dem.-rel. — Les quatre Métamorphoses. poèmes (par Lemercier). *Paris, an VII*, in-8, cart. — Mélanges de vers et de prose. par Talassa-Aïtei. *Hambourg*. 1799. in-12, br. — Mélanges de poésie, par Th. Desorgues. *Paris, an VII*, in-8, cart.

133. — L'Oie enlevée, poème héroïque en six chants. *Amsterdam*, 1758. — La Folie précepteur ou l'art de ne pas penser, bagatelle à la mode. *Londres*, 1773. — Les Quatre Saisons, poème par le C. de B. (de Bernis). *Paris*. 1763, 3 ouvr. en 1 vol. in-12, v. j. — Caquet-Bonbec, la poule à ma tante, poème badin (par Junquières). *S. l.*, 1763, in-12, front. par Gravelot gravé par Baquoy, couv. en pap. — Les Hochets de ma jeunesse, par le chevalier de Cubières. *Paris*, 1771. (*1 front., 1 vign. et 1 cul-de-lampe par David*). — Les Deux Cousines, histoire véritable (par Senac de Meilhan). 2 ouvr. en 1 vol. in-8, dem.-rel. — Ens. 3 vol.

134. — Les Saisons, poème (par Saint-Lambert). *Amsterdam* (*Paris*), 1773, in-8, fig., v. éc., fil.

1 frontispice et 4 fig. par Leprince et Gravelot, gravés par St-Aubin, Rousseau, Prevost et de Launay, 1 fleuron sur le titre et 4 vignettes gravées par Choffard.

135. — La Pucelle de Paris, poème en 12 chants et en vers (par Dubreuil). *Londres* (*Paris*), 1776, in-8, dem.-rel. veau rouge, tête dor., non rog. (*Behrends*).

Avec un beau frontispice par Desrais gravé par Deny.

136. — Poésies de Dorat. *Genève* (*Cazin*), 1777, 4 vol. in-18, portr., dem.-rel. chagr. rouge, tr. dor.

137. — Les Muses en belle humeur ou élite de poésies libres. A *Rome*, 1779, 2 tom. en 1 vol. in-18, dem.-rel., veau bleu.

138. — Triomphe de l'Amour, ou heures de Cythère

2

(par Favart, comtesse de Turpin, Guillart et Voisenon). *Gnide*, 1783, in-8, dem.-rel.

4 fig. non signées d'après Taunay.

139. — Les Muses du foyer de l'Opéra, choix des poésies libres, galantes, satyriques, etc. *Bruxelles*, 1883, in-8, fig., br.

Réimpression d'un recueil rare du XVIIIe siècle.

140. — Recueil complet des chansons de Collé. *Hambourg*, 1807, 2 vol. in-18, dem.-rel. maroq. orange, tête dor., non rog. (*Bel exempl.*). — Marchant. La Constitution en vaudevilles (Paris, 1792), réimprimée avec une notice par J. Kergomard. *Paris, Jouaust*, 1872, in-16, cart. toile Brad., non rog. — Choix de rondes à danser, anciennes et nouvelles. *Paris*, 1821, in-18, dem.-rel. — Chansons nouvelles de N. Brazier. *Paris*, 1836, in-18, br. — Ens. 5 vol.

141. — La Chandelle d'Arras, poème en 18 chants (par l'abbé Du Laurens). *Paris*, 1807, in-12, fig., bas. rac.

1 frontispice et 18 jolies figures par Desrais gravées par Tassaert.

142. — Chansons. 9 vol. in-12 et in-18, rel. et br.

Romances et chansons. *Paris*, 1804. — L'Elève d'Epicure, par Philipon La Madelaine. *Paris, s. d.* — L'Epicurien français. *Paris*, 1814. — Œuvres complètes de P.-J. de Béranger. *Paris*, 1847. — P. Dupont. Chants et poésies. *Paris*, 1851. — Chansons de J.-B. Clément. *Paris*. 1885. — Champon. Chansons, avec une eau-forte de Lalauze. *Paris*. 1889. — Chansons sans gêne, par Xanrof. *Paris*. 1890. — Chansons et chansonniers, par H. Avenel. *Paris, s. d.*

143. — Mes Passe-temps, chansons, suivies de l'Art de la danse, poème, par J.-Et. Despréaux. *Paris*, 1806, 2 vol. in-8, cart., non rog.

Exemplaire en *papier vélin*, avec les FIGURES DE MOREAU AVANT LA LETTRE.

144. — Poésies. 10 vol. in-8 et in-12, rel. et br.

La Morale de l'enfance, par Morel (Vindé). *Paris*, 1800. (*Front.*). — La Pitié, par Jacques Delille. *Paris*, 1803. (4 *fig. de Monsiau*). — Les Loisirs, par Pons (de Verdun). *Paris*, 1807. — Le Bonheur de l'étude, par Ch. Loyson. *Paris*, 1817, front. — Poésies par E. Géraud. *Paris*, 1822. — Les Ibériennes. *Paris*, 1824. — La Correspondance. *Paris*, 1827. — Empédocle, par J. Polonius. *Paris*, 1829. — Choix de poésies contemporaines, par J. Janin. *Paris*, 1829. — Poésies de Cas. Delavigne. *Paris*, 1856. — Souvenirs de l'école romantique, par E. Fournier. *Paris*, 1880. (*Portraits*).

145. — Poésies diverses. 10 vol. in-18 et in-12, rel. et brochés.

Tableau de Paris au commencement de 1789 (par Rivarol) *Hambourg*, 1800. — Fables de J. de La Fontaine. *Paris, s. d.* (*vers* 1820). *fig.* — Corbeille poétique. *Paris*. 1815. *front.* — Etudes poétiques, par Chenedollé. *Paris*, 1822. *front.* — Fables, par A.-V. Arnault. *Paris*, 1827, 2 vol. — Gab. Marc. Soleils d'octobre. *Paris*, 1869. — F. Frank. Le Poème de la jeunesse. *Paris*, 1876. — J. Tribaldy. La Moisson bleue. *Paris*, 1888. — Mme A. Penquer. Mes Nuits. *Paris*, 1891.

146. — Poésies. 10 vol. in-8 et in-12, rel. et br.

Fables et autres poésies, par Guichard. *Paris*, 1802. — Contes militaires, par Lombard de Langres. *Paris*, 1810, fig. — La République, par Al. Pommier. *Paris*, 1837. — Océanides, par A. Pommier. *Paris*, 1839. — Colifichets, par A. Pommier. *Paris*, 1860. — Chefs-d'œuvre poétiques des dames françoises. *Paris*. 1841. — Dix mois de révolution, par E. Prarond et G. Le Vavasseur. *Paris*, 1849 — A. Pommier. Paris. *Paris*, 1866. — Les Exilés, par T. de Banville. *Paris*, 1867 — Les amours de Pierre et de Léa, par La Salle. *Paris*, 1870.

147. — Poésies. 10 vol. in-8 et in-12, rel. et br.

Les Loisirs de Pons de Verdun. *Paris*, 1807. (*Fig.*) — Poésies de Mme Tastu. *Paris*. 1827. (*Fig.*). — Poésies nouvelles, par Mme Tastu. *Paris*, 1835. — Souvenirs poétiques, par A. de Beauchesne. *Paris*, 1834. — Epîtres et satires, par Viennet. *Paris*, 1845. — H. Blaze de Bury. Intermèdes et poèmes. *Paris*. 1859. — Poésie française, par F. Desnoyers. *Paris*, 1869. (*Portr.*). — Ackermann. Poésies. *Paris*, 1874. — Vernier. Aline. *Paris*, 1877. — P. Boyer. Les Deux Saisons. *Paris*. 1867.

148. — Poésies. 10 vol. de divers formats, brochés et rel.

Poésies fugitives, par A. Charlemagne. *Paris*, *an IX*. — Quelques vers sur Paris, par L. Lemercier. *Paris*, *an X*. — Far niente, par Boullet Bois-Renault. *Angers*. 1835. — Marie, poème, par Brizeux. *Bruxelles*. 1837. — Pervenches, par J. Lacroix. *Paris*. 1846. — A. Flan. Rhythmes impossibles. *Paris*, 1867. — La Danse des vivants, par A. de Corval. *Paris*, 1870. — Souvenirs poétiques de l'école romantique, par E. Fournier. *Paris*, 1886. (*Portraits*). — Poésies par Ch Coran. *Paris*, 1887. — Poésies intimes de Jules Bondon. (*Manuscrit auquel est joint un autographe de V. Hugo*).

149. — Poètes du XIXe siècle. 8 vol. in-8 et in-12, rel. et brochés.

La Panhypocrisiade, par N. Lemercier. *Paris*, 1819. — Epîtres et élégies, par Ch. Loyson. *Paris*, 1819. — Préludes poétiques, par M. de Loy. *Lyon*, 1827. — Dernières paroles (par A. Deschamps). *Paris*, 1835. (*Edit. originale*). — Poèmes antiques et modernes, par le comte Alfr. de Vigny. *Paris*, 1837. — Epîtres, fables et poésies fugitives, par Ch. Lorin. *Paris*, 1839. — Pierre Gringoire, vers. par P. Delasalle. *Paris*, 1836. — Les Satiriques des XVIIIe et XIXe siècles. *Paris*, 1840. — L'Art de fumer, par Barthélemy. *Paris*. 1845.

150. — Poëtes romantiques et autres. 8 vol. de divers formats, reliés et brochés.

Opuscules poétiques du général Carnot. *Paris*, 1820. — Méditations poétiques, par A. de Lamartine. *Paris*, 1820. 2 ouvr. en 1 vol. in-8, dem.-rel. — Poésies et poèmes, par Polydore Bounin. *Paris*, 1832, in-8, fig., br. — Mystères et fantaisies, par Félix Davin. *Paris*, 1836, in-18, br. — Folles rimes et poèmes, par Michel Carré. *Paris*, 1842, in-12, fig., rel. — Adieux, poésies, par H. de Latouche. *Paris*. 1844, in-12, rel. — Les poésies d'Aug. de Chatillon. *Paris*. 1866, in-12, br. — Poésies de Ch. Dovalle. *Paris*, 1868, in-18, br. — Félix Arvers. Mes Heures perdues. *Paris*, 1878. in-12, br.

151. — Mélanges poétiques, par Ulric Guttinguer. *Paris, Aug. Boulland*, 1824, in-8, dem.-veau vert. — Les Mauvais Jours, par Mme Hermance Lesguillon. *Paris, Amyot*, 1846, in-8, maroq. violet, comp. de fil. dor. et à froid sur les plats, tr. dor. (*Chiffre du comte de Salvandy*). — Rosées, par Mme Hermance Lesguillon. *Paris, Janet, s. d.*, in-8, fig., maroq. viol., comp. de fil. droits et courbés dorés sur les plats, tr. dor. — Poésies posthumes de Philothée O'Nedoy (Dondey-Dupré). *Paris, Charpentier*, 1877, in-12, br. — Ens. 4 vol.

152. — Mélodies poétiques de la jeunesse, par Z. Collombet. *Paris*, 1833, 4 vol. in-8, v. rac. — H. Durand. Les Grands Poëtes. *Paris, s. d.*, in-12, dem.-rel., pl. toile. — La Littérature française, par le colonel Staaf. *Paris*, 1875, 2 vol. gr. in-8, br. (*Tomes II et III*) — Poésies languedociennes et françaises d'Auger Gaillard, publ. par G. de Clausade. *Albi*, 1843, in-12, dem.-rel. — Ens. 8 vol.

153. — Némésis, par Barthélemy, 4e édition, ornée de 13 gravures d'après les dessins de Raffet. *Paris*, 1835, 2 vol. in-8, dem.-rel., bas. viol.

154. — Poètes modernes. 13 vol. in-12, br.

Les Satiriques des XVIIIe et XIXe siècles. *Paris*, 1840. — Pèlerinage du monde, par P. de Magny. *Paris*, 1845. — De Gramont. Chants du passé. *Paris*, 1854. — Réalités humaines, par P. Véron. *Paris*, 1857. — L'Art de dîner en ville, par Colnet. *Paris*, 1861. — P. Delair. Les Nuits et les Réveils. *Paris*, 1871. — La Muse à Bibi (par Gill). *Paris*, 1876. (*Edit. originale*). — A. Lafitte. Les Echevelées. *Paris*, 1879. — J. André. La Corde de fer. *Paris*. 1879. — E. Godin. La Cité noire. *Paris*, 1880. — Calemard de La Fayette. L'Adieu. *Paris*. 1885. — Poésies de Jean Tisseur. *Lyon*, 1885. — J. Bertheroy. Vibrations. *Paris*, 1888.

155. — Poésies. 8 vol. in-12 et in-8, br.

Tumulus, par A. Cosnard. *Paris*, 1843. — H. Minier. Mœurs et travers. *Bordeaux*, 1856. — A. Villiers de l'Isle-Adam. Premières poésies. *Lyon*, 1859. (*Edit. originale*). — T. de Banville. Odes funambulesques. *Paris*, 1859. — A. Silvestre. Rimes neuves et vieilles. *Paris*, 1866. (*Edit. originale*). — Les Binettes rimées, par Vermersch; dessins par L. Petit et F. Regamey. *Paris*, 1869. — Fél. Frank. Chants de colère. *Paris*, 1871. — Poésies complètes de Ch. Monselet. *Paris*, 1889. (*Portr.*).

156. — Poètes contemporains. 8 vol. in-12, br. et rel.

A. Vacquerie. Demi-teintes. *Paris*, 1845, rel. — Roger de Beauvoir. Colombes et couleuvres. *Paris*, 1854. — Légendes fleuries, par le marquis de Belloy. *Paris*, 1855. — Réalités humaines, par Pierre Véron. *Paris*, 1857. (*Envoi d'aut.*). — E. Renaudin. Les Cent et une. *Paris*, 1860. — R. de Beauvoir. Les Meilleurs Fruits de mon panier. *Paris*, 1862. — Les Renaissances, par A. Silvestre. *Paris*, 1870. — J. Lorrain. Les Griseries. *Paris*, 1887.

157. — Poésies. 8 vol. in-12 et in-8, rel. et br.

Une Voix perdue, par P. Delasalle. *Paris*. 1847, *portr.* — Sonnets de la vie humaine, par Boulay-Paty. *Paris*, 1852. — A. Busquet. Le Poème des heures. *Paris*, 1855. — R. Lafagette. Chants d'un montagnard. *Paris*, 1869. — Les Binettes rimées, par P. Vermersch. *Paris*, 1869, *fig.* — Poésies de Catulle Mendès. *Paris*, 1876, *portr.* — A. Silvestre. La Chanson des heures. *Paris*, 1878. — Parfums, chants et couleurs, par G. Mathieu. *Paris*, 1878.

158. — Poètes modernes. 5 vol. de divers formats, br.

Max. du Camp. Les Convictions. *Paris*, 1858, in-8. (*Ed. orig.*). — A. Vémar. Les Misérables pour rire, parodie en vers. *Paris*, 1862, in-18. (*Le portr. manque*). — L. Bouilhet. Dernières chansons. *Paris*, 1874, in-8, portr., br. — A. Scholl. Denise. *Paris*, 1878, in-18. (*Extr. sur pap. de Chine*). — Ed. Fournier. Souvenirs de l'école romantique. *Paris*, 1880, in-12. (*Portraits*).

159. — Poésies. 5 vol. in-8 et in-12, br.

V. Hugo. Les Quatre Vents de l'Esprit. *Paris*, 1881. 2 vol. (*Edit. originale*). — Poésies complètes de Ste-Beuve. *Paris*. 1883. — H. Rey. Le Bréviaire d'amour. *Paris*, 1889. — Anthologie des poètes français du XIXe siècle (1818-1841). *Paris*, 1890.

160. — Alphonse Daudet. Les Amoureuses : nouv. édition. *Paris, J. Tardieu*, 1863, in-18, br. (*Avec la couverture*).

161. — Denise, par Aurélien Scholl ; aquarelles de Grivaz gravées par Arents. *Paris*, 1884, in-8, pap. vergé, br.

II. — THÉATRE.

162. — Histoire du théâtre. 7 vol. in-12 et in-8, reliés et brochés.

Les origines du théâtre antique et du théâtre moderne, par Ch. Magnin. *Paris*, *s. d.* — Histoire de la censure théâtrale en France, par Victor Hallays-Dabot. *Paris*, 1862. — Th. Muret. L'Histoire par le théâtre. *Paris*, 1865, 3 vol. — Ch. Monselet. Les premières représentations célèbres. *Paris*, 1867. — Marc Constantin. Histoire des cafés-concerts et cafés de Paris. *Paris*, 1872.

163. — Histoire anecdotique et raisonnée du théâtre italien, dep. son rétablissement en France jusqu'à l'année 1769. *Paris*, 1769, 7 vol. in-12, v. m.

164. — Histoire du théâtre, des comédiens, etc.. 13 vol. de divers formats, br. et rel.

Anecdotes dramatiques. *Paris*, 1775, 2 vol. — Code théâtral, par J. Rousseau. *Paris*, 1829. — Les Comédiennes d'autrefois, par A. Houssaye. *Bruxelles*, 1855, 2 vol. — Manuel du vaudevilliste, par Desbordes. *Paris*, 1861. — Acteurs et actrices, par Ch. Monselet. *Paris*, 1867. — Molière et la comédie italienne, par L. Moland *Paris*, 1867. — La tragédie française au XVIe siècle, par E Faguet. *Paris*, 1883. — Les Comédiens en France au moyen-âge, par Petit de Julleville. *Paris*, 1885. — Histoire de la comédie en France, par Barthélemy. *Paris*, 1886. — Lesage et le théâtre de la foire, par Barberet. *Nancy*, 1887. — J. Lemaitre. Impressions de théâtre, 3e série. *Paris*, 1889.

165. — Acteurs et actrices. 6 vol. in-12, rel. et brochés.

Mémoires anecdotes pour servir à l'histoire de M. Duliz et de Mlle Pélissier (par Desforges). *Londres*, 1753. — Histoire de Mlle Cronel. dite Frétillon (par Gaillard de la Bataille). *La Haye*. 1767. — Mémoires pour servir à la vie de Jean Monnet. *Londres*, 1773. — Arnoldiana ou Sophie Arnould et ses contemporains. *Paris*, 1813.— Biographie des acteurs et actrices de Paris, par Bréant de Fontenay et E. de Champeaux. *Paris*, 1845. — Foyers et coulisses, par J. Arago. *Paris*. 1852.

166. — Les comédies de Plaute, trad. en franç. par E. Sommer. *Paris*, 1865, 2 vol. in-12, br. — Le Théâtre d'autrefois. *Paris*. 1842, 3 vol. gr. in-8. dem.-rel.

167. — Théâtre du XVIIe siècle. 10 vol. in-12, couv. pap.

L'illustre Olympie, par Desfontaines. *Paris*, 1649. — Les chastes martyrs, par Mlle Cosnard. *Paris*, 1651. — L'Aveugle clairvoyant (par Brosse). *Paris*. 1651. — L'Hospital des fous. par Beys. *Lyon*, 1653. — La mort de Valentinian et d'Isidore, par Gillet de la Tessonnerie. *Lyon*, 1656. — Le mariage de Bachus et d'Ariane, par de Visé. *Paris*. 1672. — Trigaudin, par Montfleury. *Paris*. 1674. — Le théâtre italien. *Paris*, 1694. — Henri et Perrine, comédie. *Front. gravé*. — Regnard. L'Isle d'Alcine. *Paris*, 1867.

168. — Les Œuvres de M. de Molière. *Paris, D. Thierry*, 1697, 8 vol. in-12, fig. par Brissart gr. par Sauve, v. j.

Cette édition reproduit exactement l'édition de 1682 dont elle est la réimpression. Les figures sont tirées sur les mêmes cuivres.

169. — La vie de M. de Molière (par de Grimarest). *Paris*, 1705-6, 2 part. en 1 vol. in-12, v. j.

Peu commun avec l'*Addition* (sic) *à la vie de M. de Molière*, qui manque à beaucoup d'exemplaires. — Cet exemplaire n'a pas le portrait.

170. — Les contemporains de Molière, recueil de comédies rares ou peu connues jouées de 1650 à 1680, par V. Fournel. *Paris*, 1866, 3 vol. in-8, br.

171. — Théâtre. 7 vol. in-12 et in-8, rel. v.

Le Triomphe de l'amour, comédie, par Le Roux. *Paris*, 1722, front. — Les Œuvres de Poisson *Paris*, 1743, 2 vol. — Les Œuvres de Pradon. *Paris*, 1744. — Théâtre et œuvres diverses de M. de Sivry. *Londres*, 1764. — Œuvres de théâtre de De Launay. *Paris*, 1766.

172. — Marivaux. 13 pièces de théâtre en éditions originales, in-12, dérel.

Arlequin poli par l'amour. *Paris*. 1723. — L'Isle de la raison. *Paris*, 1727, front. — La seconde surprise de l'amour. *Paris*, 1728. — Les

Sermens indiscrets. *Paris*, 1732 (3 *ex.*). — Le Triomphe de l'amour. *Paris*, 1732. — L'Heureux stratagème. *Paris*, 1733 (2 *ex.*). — La Réunion des amours. *Paris*, 1733. — La Joye imprévue. *Paris*, 1738 (2 *ex.*). — Les fausses Confidences. *Paris*, 1738.

173. — Théâtre du XVIIIe siècle. 35 pièces in-12 et in-8.

Tragédies et comédies de Valentin, Alain, d'Aubignac, Marivaux, Allainval, Pesselier, Barthe, Dorvigny, Cailhava, Guillemain, etc.

174. — L'Amoureux de quinze ans ou la double fête, comédie en trois actes (par Laujon). *Paris*, 1771, in-8, cart.

Avec une belle figure de Gravelot gravée par Duclos.

175. — Théâtre. 6 vol. in-18 et in-12, rel. et brochés.

Théâtre burlesque, choix de comédies et de tragédies facétieuses. *Paris*, 1840. — La jeunesse de Corneille, com. en 3 actes, par Coquatrix. — Le Poème de Claude, com. en 2 actes, par E. Laluyé. — A. Barthet. Théâtre complet. *Paris*, 1861. — Comédies de T. de Banville. *Paris*, 1878. — E. Bergerat. Enguerrande, poème dramatique. *Paris*, 1884.

176. — Théâtre de Clara Gazul, comédienne espagnole (par P. Mérimée). *Paris*, 1825, in-8, dem.-rel.

Première édition.

177. — Théâtre du XIXe siècle. 25 pièces in-12 et in-8.

Comédies, vaudevilles de Lemercier, St-Hilaire, A. Dumas, F. Arvers, Duvert, A. Bourgeois, L. Gozlan, de Leuven, Quinet, A. Roussel, F. Desnoyers, H. de la Madelene, L. Bouilhet, H. Rochefort, Meilhac et Halévy, Coppée, Leconte de Lisle, Vacquerie, Ph. Boyer.

178. — Charles Monselet. Théâtre du Figaro. *Paris*, 1861, in-12, front. par Voillemot, br. — Alfred Delvau. Le Fumier d'Ennius, avec une eau-forte de Léop. Flameng. *Paris*, 1865, in-12, cart. toile, non rog. — Ens. 2 vol.

179. — Auguste Vacquerie. Jean Baudry. — Le Fils. — Tragaldabas. *Paris, Lévy*, 1863-1866-1875, 3 vol. in-8, deux brochés, le dernier relié.

Premières éditions.

III. — ROMANS ET FICTIONS EN PROSE.

180. — Les Amours pastorales de Daphnis et Chloé. *Paris*, 1784, pet.in-8, front. non sig., br., non rog. — Histoire véritable trad. de Lucien par Et. Béquet. *Paris, Didot, s. d.* (*vers* 1825), in-12, br. — Ens. 2 vol.

181. — Les Avantures du baron de Fœneste, par Théod. Agrippa d'Aubigné. *Cologne*, 1729, 2 vol. pet. in-8, front., v. j. — Les Tragiques, par d'Aubigné, édition publ. par Lud. Lalanne. *Paris*, 1857, in-16, pap. vergé, cart. toile rouge, non rog. — Ens. 3 vol.

182. — Le Duel de Tithamante, histoire gascone, par Jean d'Intras, de Bazas. *Paris*, 1609, pet. in-12, dos et coins de maroq. rouge, tr. dor.

Petit volume rare. — Taches et mouillures.

183. — Romans du XVIIe siècle. 2 vol. in-8 et in-12, rel.

Chrisenonte de Gaule, histoire mémorable, par le sieur de Sonan. *Lyon*, 1620. (*Piqûres de vers et rel. fatig.*). — Eraste ou les amours du grand Alcandre. *Paris*, 1666.

184. — La vraye histoire comique de Francion, composée par Nicolas de Moulinet, sieur du Parc, gentilh. lorrain. *Leyde*, 1721, 2 vol. in-12, v. — La fausse Clélie (par de Subligny). *S. l., n. d.* (*XVIIe siècle*), pet. in-12, dem.-rel. (*Le titre manque*). — Ens. 3 vol.

185. — Cythérée. A Mad. la duchesse de Lorraine (par de Gomberville). *Paris*, 1640, 4 vol. in-8, front., v. m.

186. — Romans. 11 vol. in-12 et in-18, rel. et br.

La Tour des Miroirs (par Camus, évêque de Belley). *Paris*, 1631, 2 vol (*Raccommodages*). — Olinde (par le marquis de Luchet). *Londres*, 1784. — Histoire du Juif Errant. — Œuvres du comte A. de Sarrazin. *Paris*, 1841. — Roger ou la vie littéraire, par A. Delaville. *Paris*, 1846. — Nouvelles et chroniques, par A. de Valon. *Paris*, 1851. — La Jeunesse de Pierrot, par Aramis. *Paris*, 1854. — La Petite ville, par C. Moisand. *Beauvais*, 1857. — Bussy-Rabutin. Histoire amoureuse des Gaules. *Paris*, 1868, 2 vol.

187. — Romans. 10 vol. in-12, rel. et br.

L'Heure du Berger, par C. Le Petit. *Paris*, 1662. — Avantures secrettes (par de Graaf). *Paris*, 1696. — Le Gage touché (par Le Noble). *Paris*, 1718. — Le Renard ou le procès des bêtes. *Amsterdam*, 1743, *fig. sur bois*. — Le voyage de S.-Cloud par mer et par terre (par Néel). *La Haye*, 1749. (*2 ff. manuscrits*). — Auguste et Justine, par Delbare. *Paris, an IV, figure*. — La femme à projets, par Dorvigny. *Paris*, 1808, 4 vol.

188. — Romans. 10 vol. in-12, rel.

Le Roman bourgeois, par Furetière. *Amsterd.*, 1704, *front.* — Les petits Soupers de l'esté, par Mme Durand. *Amsterdam*, 1734. — Atalzaïde (par Crébillon). *Imprimé où l'on a pu*, 1745. — Le Diable boiteux, par Le Sage. *Amsterdam*, 1747, *figures*. — Anecdotes de la cour de bonhommie (par de la Salle). *Londres*, 1752. — Les Erreurs instructives (par Jonval). *Londres*, 1765. — L'Education de l'amour (par Desboulmiers). *Paris*, 1770. — L'Etourdi. *Lampsaque*, 1784. — La Jardinière de Vincennes, par Mme de Villeneuve. *Paris*, 1784, 2 vol.

189 — Romans. 10 vol. in-12, rel.

Célanire. *Paris*, 1671. — Jeux d'esprit et de mémoire (par le marquis de la Châtre). *Cologne*, 1698 — Le Colporteur, par Chevrier. *Londres, s. d.* — L'Enfantement de Jupiter (par Huerne de la Mothe). *Amsterdam*, 1763, 2 vol. — Le Début (par Falconet). *Paris*, 1770. — L'Amour décent et délicat (par l'abbé Chayer). *A la Tendresse*, 1760. — Mémoires du chevalier d'Erban (par Gauifey). *Paris*, 1765. — Le Coq d'or (par Klinger). *S. l.*, 1789. — Toni et Clairette, par de la Dixmerie. *Paris*, 1797, 2 vol., *fig.* — Histoire d'un âne, *Paris*, 1802, *fig.*

190. — Le Voyage du Valon Tranquille, nouvelle historique, par F. Charpentier, avec préface et notes servant de clef (par Adry et Mercier de St-Léger). *Paris, an IV*, pet. in-8, cart., non rogné.

Relation badine d'un voyage fait au château de Nancré. La première édition parut en 1673. — Exemplaire en GRAND PAPIER VÉLIN.

191. — Romans. 10 vol. in-12, rel. et br.

Le Galand escroc (par Bremond). *Paris*, 1677. — Les Amours de la belle Junie, par Madame de P** (Pringy). *Paris*, 1698. (*Déchirure à un f.*). — Le Pétrone almand. *Cologne*, 1706. — L'Amour propre sacrifié au plaisir de la vengeance. *S. l.*, 1754, 4 vol. — Caractères des femmes (par Lesbros de la Versane). *Paris*, 1769. — Vie et amours d'un pauvre diable (par Haudard). *Paris*, 1788. — Eléonore ou l'heureuse personne. *Amsterdam*, 1885.

192. — Romans. 9 vol. in-12 et in-8, rel.

Le Triomfe de l'amour sur le destin (par Bremond). *Amsterdam*.

1677. — La Poupée, par de Bibiena. *Amsterdam*, 1748. — Les Plaisirs secrets d'Angélique (par l'abbé de la Suze). *Londres*, 1751. — Le Roman du jour (par St-Foix). *Londres*, 1754. — Léonille (par Mlle de Lubert). *Nancy*, 1755 — Le Triomphe de l'amour (par Carmontelle). *Paris*, 1773, 2 vol. — L'Homme sauvage, par Mercier. *Neuchatel*, 1784. — Le Comte de Comminge (par Mme de Tencin). *Evreux*, 1802, fig. — Petites rapsodies, par P. Villiers. *Paris*, 1804. — Un mot sur tout le monde. *Paris, an X*.

193. — Romans. 10 vol. in-12 et in-8, rel. et br.

Les Avantures de Télémaque (par Fénelon). *Brux.*, 1700. — Les amours de Lysandre et de Caliste. *Brusselles*, 1707, front. — Le Triomphe du sentiment, par de Bibiena. *La Haye*, 1750. — Les Plaisirs d'un jour (par Colombe). *Bruxelles*, 1764. — Imirce ou la fille de la nature (par l'abbé Dulaurens). *Berlin*, 1765. — Le Compère Mathieu par l'abbé Dulaurens). *Londres*, 1766. — Le Véridique, histoire véritable, par un menteur. *Paris*, 1769. — La Dot de Suzette (par Fiévée). *Paris*, 1799. *Front*.

194. — Romans du XVIIIe siècle. 5 vol. in-18 et in-12, rel. et broch.

Avantures galantes de Le Noble. *Paris*, 1700. — La Promenade de Titonville, par Le Noble. *Amsterdam*, 1705. *Front*. — Histoire amoureuse des Dames de France (par Bussy-Rabutin). *Bruxelles* (*à la Sphère*), 1713. — Semelion, histoire véritable (par le marquis de Belle-Isle). *Amsterdam*, 1716. — Historiettes galantes (par St-Hyacinthe). *La Haye*, 1718, *broché*.

195. — Les Rivales, ou le Mary dupé, avantures galantes. *Paris, veuve de Cl. Barbin*, 1700, in-12, maroq. bleu, fil., tr. dor.

Le privilège est délivré au nom de Nodot, qui semble désigné comme étant l'auteur de ce roman, mais ledit privilège énonce l'intitulé : *Les Avantures galantes du camp de Compiègne, avec les mouvemens de l'armée*. Ce livre aurait ainsi paru sous deux titres différents. — Bel exemplaire.

196. — Romans. 10 vol. in-12 et in-18, rel. et br.

Les funestes effets de l'amour. *Luxembourg*, 1707. — L'Amant oisif (par Garouville). *Brusselles*, 1711. *Front*. — Le Moyen d'être heureux (par Rivière). *Amsterdam*, 1750, 2 vol. — L'Ingénu (par Voltaire). *Lausanne*, 1767, 2 vol. — L'Ecole des filles. *Londres*, 1759, 4 vol.

197. — Romans du XVIIIe siècle. 8 vol. in-12 et in-18, rel.

Relation historique et morale du prince de Monberaud dans l'île de Naudely (par P. de Lesconvel). *Merinde*, 1709, *fig*. — L'Ecole de l'amitié (par le marquis de Thibouville). *Amsterd.*, 1757. — Marianne ou la paysanne de la forêt d'Ardennes. *Paris*, 1767. — L'Etourdie (par le chevalier de Fleuriau). *Londres*, 1782. 2 vol. — Amusemens des eaux de Passy, par Lassolle. *Paris*, 1787. 3 vol.

198. — Romans du XVIIIe siècle. 9 vol. in-12 et in-18, rel.

Le Gage touché (par Le Noble). *Amsterdam*, 1709. *Front.* — Les Saturnales françoises (par l'abbé de La Baume). *La Haye*, 1736. L'Ecole de l'amitié (par le marquis de Thibouville) *Amsterdam*, 1758. — Relation du voyage mystérieux de l'isle de la vertu (par Hérissant). *Paris*, 1760. — Contes de Bastide. *Paris*, 1763. 2 vol. — Le Pied de Fanchette (par Restif de la Bretonne). *La Haye*. 1769. — L'Ingénue (par Voltaire). *Paris*. 1770. — Paul et Virginie, par B. de St-Pierre. 1789.

199. — Romans de mœurs parisiennes. 5 vol. in-12 et in-18, rel. et br.

L'Ambigu d'Auteuil. *Paris*, 1709. — Les Matinées du Palais-Royal. *Paris*, 1772. — La petite Lutèce devenue grande fille (par Caraccioli). *Paris*, 1790. — Voyage de Paris à St-Cloud (par Néel). *Paris*, *an XI*. 1 *fig. non sign.* — Le Provincial à Paris, par Montigny. *Paris*, 1825.

200. — Romans écrits par des femmes. 10 vol. de divers formats, rel. et brochés.

Les Illustres Fées (par Mme d'Aulnoy). *Paris*, 1709. — Mémoires de la vie de Mme de Ravezan (par Mme Gillot de Beaucour). *Amsterdam*, 1712. — Mémoires du comte de S*** (par Mme Lévêque). *Paris*, 1736. — Le comte de Warwick, par Mme d'Aulnoy. *Paris*, 1740. — Kanor, conte traduit du sauvage, par Mme ** (Fagnan). *Amsterdam*, 1750. — Le Triomphe de l'amitié (par Mlle Fauque). *Paris*, 1751. — Comédies, par Mlle Mazarelli. *Paris*, 1765. — L'Amour, ses peines, ses plaisirs (par Mme d'Arconville). *Amsterdam*, 1774. — Lettres écrites de Lausanne (par Mme de Charrière). *Paris*, 1807. — Les Trois Femmes, par Mme de Charrière. *Paris*, 1809.

201. — Le Sage. Histoire de Gil-Blas de Santillane. *Paris*, 1732-1737, 4 vol. in-12, 34 fig. de Dubercelle, v. m., fil. — Histoire d'Estevanille Gonzalez, surnommé le garçon de bonne humeur, tirée de l'espagnol. *Paris*, *Prault*, 1741, 2 vol. in-12, v. br., fil. — Histoire de Guzman d'Alfarache. *Amsterd.*, 1740, 2 vol. in-12, fig., v. — Ens. 8 vol.

202. — Romans du XVIIIe siècle. 10 vol. in-12, rel. et brochés.

Les tours de Maître Gonin (par l'abbé Bordelon). *Amsterdam*, 1713, 2 vol. — Confessions de Mme la comtesse de ***. *Londres*, 1744. — Recueil de plusieurs histoires secrètes. *La Haye*, 1746. — Histoire du roi Splendide et de la princesse Hétéroclite (par Pajon). *S. l.*, 1747. *Front.* — Le danger des passions (par le marquis de Thibouville). *S l.*, 1758. — Zaïde ou la comédienne parvenue. *A Mimicopole*, 1763. — Les Matinées liégeoises. *Liège*, 1778. — Tanzaï et Néardané (par Crébillon). *Pékin*, 1781, 2 vol.

203. — Romans du XVIIIe siècle. 8 vol. in-8, in-12 et in-18, reliés.

Semelion, histoire véritable (par le marquis de Belle-Isle). 1715. — Giphantie (par Tiphaigne de la Roche). *La Haye*, 1761. — Journées mongoles. *Paris*, 1772. — Romans et Contes de Voisenon. *Londres*, 1777. — Mémoires de M. de Floricourt (par Dubois-Fontanelle). *Londres*, 1782. 3 vol. — Les Folies sentimentales (par le marquis de Cubières). *Paris*, 1786.

204. — Romans. 10 vol. in-12, rel. et brochés.

Les plaisirs et les chagrins de l'amour. *Amsterdam*, 1722. — La Princesse de Clèves (par Mme de la Fayette). *Paris*, 1725. — Le Faux oracle (par Bastide). *Paris*, 1751. — Honny soit qui mal y pense (par Jullien). *Londres*, 1761. (*Fatigué*). — Nitophar, anecdote babilonienne (par Maucomble). *Paris*, 1768. — Contes à rire. *Paris*, 1781, 3 vol. — Les Aventures de Jérôme Lecocq, par Henriquez. *Paris, s. d.* (*vers* 1792). — Le Parvenu du jour. *Paris, an X, figure.*

205. — Romans. 10 vol. in-12, rel. et br.

Promenades de M. de Clairenville. *Cologne*, 1723. — Le Gage touché (par Le Noble). *Amsterdam*, 1724. — Mémoires de M. de Volari. *La Haye*, 1746. — Mirza et Fatmé (par Saurin). *La Haye*, 1754. — Voyage de Mantes (par Gimat de Bonneval). *Amsterdam*, 1753, *figures.* — Les Femmes ou lettres du chevalier de K** (par de Meray). *La Haye*, 1754. — Lettres d'Aspasie. *Amsterdam*, 1756. — Contes moraux, par Mlle Uncy. *Paris*, 1764, 4 vol.

206. — Romans du XVIIIe siècle. 8 vol. in-12 et in-18, rel.

Réflexions de T****** sur les égaremens de sa jeunesse. *Amsterdam*, 1729. — Cleodamis et Lelex (par Menin). *La Haye*, 1746. — Mémoires et aventures d'un bourgeois qui s'est avancé dans le monde (par Digard). *La Haye*, 1750. — Mémoires de Madame Durdof. *Londres*, 1763. — Le Philosophe nègre (par Mailhol). *Londres*, 1764. — Le Libertin devenu vertueux (par Domairon). *Paris*, 1767.

207. — Romans du XVIIIe siècle écrits par des femmes. 7 vol. in-12 et in-8, rel. et brochés.

Voyage de campagne, par la Comtesse de M*** (Murat). *Paris*, 1734. — Les Lutins du château de Kernosy, par la comtesse de Murat. *Leyde*, 1753. — La Tyrannie des fées détruites (par la comtesse d'Auneuil). *Paris*, 1756. — La Métamorphose de la religieuse (par Mme de Laboureys). *Amsterdam*, 1768. — L'Abailard supposé, par la comtesse de Beauharnais. *Paris*, 1781. — L'Aveugle par amour (par la comtesse de Beauharnais). *Paris*, 1781.

208. — Romans du XVIIIe siècle. 9 vol. in-12 et in-18, rel. et br.

Lettres galantes et philosophiques (par Rémond de St-Mard). *La Haye*, 1737. — Mémoires du marquis de Mirmon, par le marquis d'Argens. *Amsterdam*, 1748. — Lettres morales et critiques, par le marquis d'Argens. *Amsterdam*, 1748. — L'Histoire des Grecs ou de ceux qui corrigent la fortune au jeu (par Goudar). *La Haye*, 1757. — Les Erreurs instructives (par Jonval). *Paris*. 1765. — Les Faiblesses d'une jolie femme (par Nogaret). *Paris*, 1779. — Mémoires de Mlle de Baudéon (par le Mis de Luchet). 1786. — Semelion, histoire véritable (par le marquis de Belle-Isle). *Constantinople*, *s. d.* — Mémoires d'une honnête femme, par Chevrier. *Paris*, *s. d.* — Les Amusemens des Dames de B*** (Bruxelles) (par Chevrier). *Rouen*, *s. d.*

209. — Marivaux. 6 vol. in-12, rel.

La Vie de Marianne. *Francfort*, 1773, 2 vol., figures. — Pharsamon. *Paris*, 1737, 2 vol. in-12. — Le Spectateur françois. *Paris*, 1752, 2 vol.

210. — Romans. 8 vol. in-12 et in-8, br. et rel.

Les Egaremens du cœur et de l'esprit (par Crébillon). *Paris*, 1739.— Lettres de la marquise de M** au comte de R**, par Crébillon. *La Haye*, 1746. — Les Têtes folles (par Bastide). *Paris*, 1753, *front.* — Histoire bavarde (par Bret). *S. l., n. d.* (*vers* 1760).— Le Sopha, par Crébillon. *Bruxelles*, 1869. — Le Diable amoureux, par Cazotte. *Paris*, 1871, *fig.* — Huerne de la Mothe. Margot des Pelotons. *Bruxelles*, 1883, *fig.* — Le Hazard du coin du feu, par Crébillon. *Paris*, *s. d.* (*Réimpr. mod.* — *Le titre manque*).

211. — Romans du XVIIIe siècle. 7 vol. in-12, v. m.

Les Egaremens du cœur et de l'esprit (par Crébillon). *Paris*, 1739. — Jeannette seconde ou la nouvelle paysanne parvenue, par G*** de la Bataille. *Amsterdam*, 1758.— La Comtesse de Vergi et Raoul de Couci (par le comte de Vignacourt). *Paris*, 1766. — Correspondance d'un jeune militaire (par Musset et le baron de Bourgoing). *En Suisse*, 1779. — Le Petit Grandisson par Berquin. *Paris*, 1803. — Grigri (par Cahuzac). *Amsterdam*, 1774. — La Philopédie ou l'art d'avoir des enfants sans passions. *Paris*, 1809. — Histoire et aventures de Roderik Randon, trad. de l'angl. *Genève*, 1782.

212. — Romans du XVIIIe siècle. 10 vol. in-12 et in-18, rel. et br.

Amusemens des dames. *La Haye*. 1740, 2 vol. — Mémoires de Mlle de Mainville, par le marquis d'Argens. *Amsterdam*, 1750. — Histoire du cœur humain. *La Haye*, 1743. — Lettres de Mistress Fanny Butlerd, par Adélaïde de Valançai. *Paris*, 1757. — Le Cousin de Mahomet (par Fromaget). *Constantinople*, 1781, 2 vol. (*Le faux-titre et les fig. manquent*). — La Petite Maison (par Bastide). — L'Homme, poème. *front.* — Voyage autour de ma chambre (par le comte de Maistre). *Paris, an VII, front.* — Le Roman pris par la queue, par un officier de dragons. *Paris, an XI.*

213. — Romans du XVIIIe siècle. 9 vol. in-12, v. m.

Les Deux Cousines ou le mariage du chevalier de ***. *A Constantinople*, 1743. — La Nouvelle du jour ou les feuilles de la Chine (par Maillhol). *Londres*, 1753 — Mémoires de deux amis, par Delasolle. *Londres*, 1754, 2 vol. — Les Illustres Françoises (par R. Challes). *Lille*, 1780, 4 vol. — Confession générale du chevalier de Wilfort. *Londres*, 1787.

214. — Romans du XVIIIe siècle. 4 vol. in-12, v. m.

L'Heureux esclave (par Brémond). *Paris*, 1744, in-12, 6 *fig. de Scotin.* — Le Tombeau philosophique (par Bastide). *Amsterdam*, 1751, 2 *front. non sig.* — La Jolie femme ou la femme du jour (par Barthe). *Amsterdam*, 1769, 1 *joli front. non sig.* — Angola (par La Morlière). *Agra*, 1769, 1 *front. gr. par Nereu.* — Lettres d'elle et de lui, par une dame de la Cour et qui n'est pas d'une Académie. *Londres*, 1772.

215. — Les Avantures de la Madona et de François d'Assise, recueill. de plus. ouvrages des docteurs romains, par Renoult. *Amsterdam, hérit. de D. la Feuille*, 1745, in-12, fig., v. marb., fil.

1 frontispice et 8 figures non signés. — Bel exemplaire de ce livre peu commun.

216. — Romans du XVIIIe siècle. 8 vol. in-12 et in-18, rel.

Histoire de Fleur d'Epine, conte, par Hamilton. 1749. — Le Bélier, conte, par Hamilton, 1749. — Mémoires histor. de l'Académie de ces dames et de ces messieurs, par Vadé. *Paris*, 1776. — Angola (par La Morlière), suivi d'Acajou et Zirphile (par Duclos). *Londres*, 1781, 2 vol. — Le Vicomte de Barjac (par le marquis de Luchet). *Dublin*, 1784, 2 vol. — La Curieuse impertinente. 1789. — Les Confidences réciproques (par le comte de Caylus). *Berg-op-Zoom, s. d., front. non sig.*

217. — Romans du XVIIIe siècle. 6 vol. in-12 et in-8, rel. veau.

Les Confessions d'un fat, par le chevalier de la B** (Bastide). 1749. — Roman oriental (par de Blancs). *Paris*, 1753. — Le Philosophe nègre (par Maillhol). *Londres*, 1764. — Les Ecarts de la jeunesse. *Amsterdam*, 1767. — Le Mari offensé. 1770. — Le Soupé des petits maîtres, ouvrage moral. *Londres, s. d.*

218. — Romans du XVIIIe siècle. 11 vol. in-12 et in-18, rel. et brochés.

Anecdotes orientales (par Maillhol). *Berlin*, 1752. — La Raison du temps, par le baron de Fermentsberg (de Meray). *Amsterdam*, 1761. —

Les Gascons en Hollande. *S. l.*, 1767, 2 vol. — La Quinzaine angloise à Paris (par Rudlitge). *Londres*, 1776. — Sargines (par d'Arnaud). *Paris*, 1793, 2 *fig.* — Histoire du petit Jehan de Saintré, par de Tressan. *Paris, an II*, 4 fig. d'après Moreau. — Simplicie, par P. Blanchard. *Paris*, 1796, *fig.* — Le Masque tombé (par le marquis du Terrail). *Paris, s. d.*, *fig.* — Le Provincial ou dix années d'absence. *Paris, s. d.*, *fig.* — La Femme mal conseillée. *Limoges, s. d.*

219. — Romans. 10 vol. in-18 et in-12, rel. et br.

L'Education du marquis de ***, par Mme de P** (Puisieux). *Paris*, 1753. — Amours de Calisthène et d'Aristoclie (par Ménard). *La Haye*, 1753. — Histoire de Mlle Laure. *Amsterdam*, 1764, 2 vol. — Amusemens du jour, par Mme de Mortemart. *Paris*, 1781. — Les Liaisons dangereuses (par Choderlos de Laclos). *Paris*, 1782, 4 vol. — La Femme abbé, par S. Maréchal. *Paris*, 1801, *front.*

220. — Romans du XVIIIe siècle. 6 vol. in-12, rel. et brochés.

Les Spectacles nocturnes (par Magny). *Paris*, 1756. — L'Enfantement de Jupiter (par Huerne de la Mothe). *Amsterdam*, 1763 — Thémidore (par Godard d'Aucour). *La Haye*, 1763 — Histoire de Mlle de Grisoles (par de Beauclair). *Londres*, 1770. — L'Hirondelle de carême ou le pouvoir de l'amour. *Paris*, 1771. — La Destinée, ou mémoires d'une dame de qualité, écrite par elle-même. *Auguste*, 1776.

221. — Le Grelot, ou les etc. etc., ouvrage dédié à moi, édition augment. de l'anti-grelot, et suivie de l'Yvrogne, conte tragi-comique et moral (par Baret). *Partout, aux dépens du public*, 1762, 2 part. en 1 vol. in-12, titre gravé, vél. à recouv., titre calligraphié au dos, non rogné.

222. — Les Bohémiens (par A.-G. La Fitte, marquis de Pellepore). *Paris*, 1790, 2 vol. in-12, cart.

Roman philosophique et satirique, dont presque tous les exemplaires furent détruits par l'imprimeur Panckoucke qui avait imprimé l'ouvrage et s'y trouvait cruellement traité.

223. — Romans. 7 vol. de divers formats, reliés et brochés.

Nouv. voyage sentimental, par Gorjy. *Paris*, 1791, 2 vol., *figures*. — Tablettes sentimentales du bon Pamphile, par Gorgy. *Paris*, 1792, *fig.* — La Nouvelle lune ou histoire de Péquillon (par Le Bret). *Paris, an VII*, *fig.* — Le Dernier homme, par Grainville. *Paris*, 1811, 2 vol. — Les Trois animaux philosophes, par de St-Albin. *Paris*, 1819, *fig.*

224. — L'Emigré, publié par M. de Meilhan. *A*

Brunsvick, chez P.-F. Fauche, 1797, 4 vol. in-12, fig., v. m.

4 fig. par Dupré gravées par Benet Salomon. Petit roman très rare, véritable peinture de mœurs du temps, dont les émigrés font tous les frais.

225. — Romans révolutionnaires. 7 vol. rel. et brochés.

Les Hommes démasqués, par Labenette. *Paris*, 1796, 2 *fig. non sig.* — Les Erreurs de la vie, par Pagès. *Paris, an VII*, 2 vol., 2 *fig. de Binet gr. par Mariage.* — Betzi (par Meister). *Paris, an XI.* (*Ex. en pap. velin*). — Busiris, par Quesné. *Paris, an X.* — Le Mari sentimental (par S. Constant). *Genève*, 1803. — Le dernier chapitre de mon roman (par Ch. Nodier). *Paris, an XI.* — Le Miroir de l'enfance, par Mme Trimmer. *Paris*, 1804, 1 *front. non sig.*

226. — La Confession, par l'auteur de l'Ane mort et la Femme guillotinée (J. Janin). *Paris*, 1830, 2 vol. in-12, dos et coins toile Bradel verte, non rog.

1 jolie vignette dessinée et gravée à l'eau-forte par T. Johannot, sur chine. — Bel exemplaire.

227. — Romans. 8 vol. in-12 et in-8, reliés.

Samuel d'Harcourt, par Abel Dufresne. *Paris*, 1820. — La Confession, par l'auteur de l'Ane mort (J. Janin). *Paris*, 1830, 2 vol. — L'Habit d'Arlequin, par A. Iaberdis. *Paris*, 1832. — Samuel, par P. de Musset. *Paris*, 1833. — Un Homme entre deux femmes, par G. West. *Paris*, 1837. — Les Romans et le Mariage, par T. de Ferrière. *Paris*, 1837, 2 vol.

228. — Romans. 10 vol. in-12 et in-8, rel. et br.

Restif de la Bretonne. Les Contemporains. *Paris*, 1875. — Une Séduction, par F. Davin. *Paris*, 1833. — Contes de toutes les couleurs. *Paris*, 1833. — Picciola, par Xaintine. *Paris*, 1845. — Le Cousin Pons. *Paris*, 1862. — E. Ourliac. Nouveaux contes du Bocage. *Paris*, 1866. — Ch. Joliet. Romans microscopiques. *Paris*, 1866. — Hég. Moreau. Contes à ma sœur. *Paris*, 1884. — J. Péladan. Istar. *Paris*, 1888. 2 vol.

229. — Th. Gautier. 9 vol. in-12, rel. et br.

Une larme du diable. *Bruxelles*, 1839. — Constantinople. *Paris*, 1853. — Les Grotesques. *Paris*, 1853. — Caprices et Zigzags. *Paris*, 1856. — Théâtre. 1872. — Les Jeunes France. *Paris*, 1873. — Portraits contemporains. *Paris*, 1874. — Em. Bergerat. Th. Gautier. *Paris*, 1879. — Th. Gautier, par Max. du Camp. *Paris*, 1890.

230. — Romans. 10 vol. in-12, rel. et br.

Gabrielle, par Mme Ancelot. *Paris*, 1840. — Fr. Soulié. Au jour le jour. *Paris*, 1858. — Ed. Ourliac. Suzanne. *Paris*, 1860. — Mme de

Sarnau. Les Enchantements de Prudence. *Paris*, 1873. — H. de la Madeleine. La Fin du marquisat d'Aurel. *Paris*, 1878. — G. de Nerval. Les Filles du feu. *Paris*, 1884. — G. Fortin. Follevic. *Paris*, 1886. — Boyer d'Agen. M. le Rédacteur! *Paris*, 1888. — Rabastens, par G. Duval. *Paris*, 1889. — Guy de Maupassant. Notre cœur. *Paris*, 1890.

231. — Romans modernes. 8 vol. in-12 et in-8, rel. et brochés.

Histoire des Treize, par Balzac. *Paris*, 1840. — G. Desnoiresterres. Les Talons rouges. *Paris*, 1854. — J. de la Madelène. Les Ames en peine. *Paris*, 1857. — L'Honnête femme, par L. Veuillot. *Paris*, 1858. — Barbey d'Aurevilly. L'Ensorcelée. *Paris*, 1858. — Barbey d'Aurevilly. Une vieille maîtresse. *Paris*, 1858. — Les quatre Saisons, par E. Feydeau. *Paris*, 1858. — L. Gozlan. Les Martyrs inconnus. *Paris*, 1866. — X. Aubryet. Mme Lutèce. *Paris*, *s.d.* — Une Idylle normande, par A. Lemoyne. *Paris*, 1874.

232. — Les Chemises rouges, par Ch. Monselet. *Bruxelles*, 1850, 5 vol. in-18, br. (*Avec la couverture*).

Bel exemplaire.

233. — La Bohême galante, par Gérard de Nerval. *Paris*, *Michel Lévy*, 1855, in-12, dos et coins Bradel, non rogné. (*Avec la couverture*).

Edition originale.

234. — Romans et nouvelles. 13 vol. in-12, rel. et br. (1844-1891).

La Couronne de bluets, par Clémence Lalire. — Le Presbytère, par R. Topffer. — La Mionette, par E. Muller. — L. Gozlan. Le Notaire de Chantilly. — Décembre Alonnier. La Bohême littéraire. — P. Boyer. Une brune. — M. Roux. Evariste Planchu. — P. de Musset. Samuel. — Diane de Lancy, par Ponson du Terrail. — A. Scholl. Le Roman de Follette. — A. Dreyfus. L'Incendie des Folies-Plastiques. — C. Mendès. Les trois chansons. — P. Loti. Pêcheur d'Islande.

235. — Le Roman du Chaperon-rouge, scènes et fantaisies, par Alphonse Daudet. *Paris*, *Michel Lévy*, 1862, in-12, br. (*Avec la couverture*).

Première édition originale.

236. — Eugène Chavette. Les Petites comédies du vice, illustrations de A. Fleury, eaux-fortes de E. Benassit. *Paris*, *s. d.*, in-12, br. — La Comédie au Boudoir, par Maurice de Podestat, sept eaux-fortes par Feyen-Perrin, Lalanne, Martial, E. Mo-

rin, Beyle. *Paris*, 1868, in-12, dem.-toile Bradel, non rog. (*Avec la couverture*). — Ens. 2 vol.

237. — Albert Glatigny. Le Jour de l'an d'un vagabond, eau-forte de A. Gill. *Paris, Lemerre*, 1870, in-16, dos et coins de mar. rouge, tête dor., non rog. (*Avec la couverture*).

Exemplaire de la collection Noilly.

IV. — CONTEURS. — FACÉTIES. — ANECDOTES. — LIVRES SUR LES FEMMES, L'AMOUR ET LE MARIAGE.

238. — Les Vieux conteurs français, revus et corrigés sur les éditions originales, par Paul L. Jacob. *Paris*, 1841, gr. in-8, dem.-rel. bas. viol. — Chefs-d'œuvre des conteurs français (XVIIe et XVIIIe siècles), avec introduct. et notes par Ch. Louandre. *Paris*, 1874-1884, 2 vol. in-12, br. — Ens. 3 vol.

239. — Les Evangiles des Quenouilles. *Paris*, 1855, in-12, pap. vergé, cart. toile, non rog. — Le Double cocu, histoire galante, par de Brémond. *Turin*, 1870, in-18, pap. vélin, br. (*Tiré à 100 exemplaires*). — Le Poète extravagant, par César Oudin. *San-Remo*, 1875, pet. in-12, pap. vergé, br. (*Tiré à 100 exemplaires*). — Ens. 3 vol.

240. — Le Grand Parangon des Nouvelles nouvelles composé par Nicolas de Troyes et publié d'après le manuscrit original par E. Mabille. *Paris*, 1869, in-16, pap. vergé, cart. toile rouge, non rog. — La Nouvelle fabrique des excellens traits de vérité, par Ch. d'Alcripe, sieur de Neri en Verbos. *Paris*, 1853, in-16, pap. vergé, cart. toile, non rog. — Les Plaisantes idées du sieur Mistanguet. *Genève*, 1867, pet. in-12, pap. vergé, br. (*Tiré à 100 ex.*)— Ens. 3 vol.

241. — Les Nouvelles d'Ant.-Franç. Grazzini, dit le

Lasca (trad. en franç. par Lefebvre de Villebrune). *Berlin*, 1776, 2 tom. en 1 vol. in-8, fr. gravés par Scotin, v. m.

242. — Œuvres du seigneur de Cholières, édition préparée par Ed. Tricotel, notes, index et glossaire par D. Jouaust, préface par Paul Lacroix. *Paris*, 1879, 2 vol. in-8, br.

243. — La Gibecière de Mome ou le thrésor du ridicule, contenant tout ce que la galanterie, l'histoire facétieuse et l'esprit égayé ont jamais produit de subtil et d'agréable pour le divertissement du monde. *Paris*, 1644, in-8, v. fauve, fil.

Conteur très rare. — Le frontispice gravé manque.

244. — Contes et Nouvelles en vers, par de la Fontaine. *Londres, s. d.* (*vers* 1770), 2 vol. in-18, fig., v. m.

1 portrait de La Fontaine, 1 frontispice, 2 fleurons sur les titres et 86 figures, la plus grande partie copiées sur celles des Fermiers-Généraux. Quelques-unes portent le nom de Martinet.

245. — Amusemens des Dames ou recueil d'histoires galantes tirées des meilleurs auteurs de ce siècle. *La Haye*, 1763, 8 vol. pet. in-12, v.

Le titre du tome I est doublé.

246. — Contes nouveaux (par le chevalier Andréa de Nerciat). A *Liège*, 1777, in-8, dem.-toile Bradel, non rogné.

247. — Facéties, anecdotes, etc. 10 vol. in-12, rel. et br.

Le Moyen de parvenir. *Paris*, 1841. — Passe-temps joyeux. *Paris*, 1717. — Roger Bontemps en belle humeur, par M. de Roquelaure. *Amsterdam*, 1766. — Roger Bontemps en belle humeur, par M. de Roquelaure. *Amsterdam*, 1789. — P. Véron. La Mascarade de l'histoire. *Paris*, 1876. — Un million de chiquenaudes, par Commerson. — Anecdotes de théâtre, par L. Loire. *Paris*, 1875. — Anecdotes, bons mots. *Paris*, 1875. — Anecdotes de la vie littéraire. *Paris*, 1876. Anecdotes sur les femmes. *Paris*, 1878. — Les Joyeux propos de table. *Paris*, 1879.

248. — Œuvres complètes de Tabarin, avec introduct. et bibliographie tabarinique par Gustave

Aventin (Aug. Veinant). *Paris, Jannet*, 1858, 2 vol. in-16, cart. toile, non rog.

249. — Facéties. 7 vol. et brochures in-8 et in-12, rel. et brochés.

Œuvres de Tabarin. *Paris*, 1858. — La Peine et Misère des garçons chirurgiens. *Troyes, s. d.* — La Guerre constitutionnelle, poème héroïtragilyripatriotiburlesquicomique. *Paris*, 1790. — Marchant. La Constitution en vaudevilles. *Paris*, 1872. — Boniface le toiseur, par Ruelle. *Paris*, 1817. — Complainte et réclamation d'une de ces demoiselles à l'occasion d'une certaine ordonnance. *Paris*, 1830. — Eloge de Jean Raisin, par A. Ricard. *Paris, s. d. (vers 1840)*.

250. — Les Pensées facécieuses et les bons mots du fameux Bruscambille, comédien original. *Cologne*, 1741, in-12, dem.-rel. v. br., non rogné.

251. — Les Jeux de l'Inconnu, augm. de plus. pièces en ceste dern. édition (par le comte de Vaux, pseudonyme du marquis de Cramail). *Rouen, J. Cailloué*. 1645, in-8, maroq. viol. à grains longs.

Edition rare de ce recueil recherché, contenant à la suite les pièces suivantes : Le Herti ou l'universel. 1644. — L'infortune des filles de joye. 1645. — Raccommodages aux prem. ff.

252. — Nouv. recueil de divertissemens comiques (par Oudin). *Paris, G. de Luyne*, 1670, in-12, dem.-rel., chagr. rouge.

Bel exemplaire.

253. — Facéties, anas. 10 vol. in-18 et in-12, rel.

Le nouveau bouffon de la Cour. *Paris*, 1709. *Front.* — Le Lecteur royal. *Amsterdam*, 1733. *Front.* — Le Mentor cavalier, par le marquis d'Argens. *Londres*, 1736. — Les Etrennes de la S.-Jean (par le comte de Caylus). *Troyes*, 1742. — L'Art de désopiler la rate (par Panckoucke). *A Gallipoli de Calabre, l'an des folies* 175887. — Eloge prononcé par la folie devant les habitans des Petites-Maisons. *Avignon*, 1761. — La Petite Porte dévalisée (par Artaud). *Paris*, 1767. — Eloge de l'asne (par dom Cajot). *Paris*, 1769. — Traits d'esprit, bons mots et saillies ingénieuses. *Paris*, 1777. — Le Portefeuille amusant (par Guillard de Beaulieu). *Paris*, 1773. — Anecdotes des règnes de Louis XIV, Louis XV et Louis XVI. *Paris*, 1790. — Dictionnaire amusant et instructif, par Maugeret. *Paris*, 1809, 2 vol.

254. — Anecdotes. 9 vol. in-12 et in-18, rel. et brochés.

Arliquiniana (par Cotolendi). *Paris*, 1694, *front.* — Des Calembourgs comme s'il en pleuvoit. *Paris*, 1800, *front. colorié.* — Biévriana (par

A. Deville). *Paris*, 1800. — Encyclopédie comique (par Bertin). *Paris*, an XII, 3 vol. — Musiciana. *Paris*, 1832. — Garde à vous!!! ou les fripons et leurs dupes (par Mme Guénard). *Paris*, 1819, *front.* — Le Farceur du régiment. *Paris*, *s. d.*

255. — Facéties, anecdotes, etc. 10 vol. in-12 et in-18, rel. et br.

Naudæana et Patiniana. *Amsterdam*, 1703. (*Portrait*). — Les Facétieuses rencontres de Verboquet. *Troyes*, *s. d.* — Biévriana. *Paris*, an VIII. (*Portr.*). — Nouveau Catéchisme poissard. *Paris*, 1840. — Jurisprudentiana *Paris*, *s. d.* — Sermon prononcé par le R. P. de Tinchebray, capucin. *Paris*. 1878. — La Rose des vents. *Toulouse*, 1880. — Anecdotes parisiennes, par L. Loire. *Paris*, 1880. — Anecdotes, bons mots, par L. Loire. *Paris*, 1875.

256. — Les Chats (par de Moncrif). *Paris*, 1727, 9 fig. par Coypel, grav. à l'eau-forte par le comte de Caylus. — Histoire des Rats, pour serv. à l'histoire universelle (par le même) *Ratopolis*, 1737, 2 fig. non sign. — Ens. 2 ouvr. en 1 vol. in-8, v. m., fil.

Bel exemplaire.

257. — Le Livre à la mode, nouv. édition, marquetée, polie et vernissée (par Caraccioli). *En Europe*, 100070060. in-12. dem.-rel., non rogné.

Curieux volume imprimé en rouge. — Belle condition intérieure.

258. — Anecdotes. 6 vol. in-12 et in-18, rel. et brochés.

Anecdotes de médecine (par Dumonchaux). 1762. — Magasin récréatif ou recueil choisi de bons mots (par l'abbé de la Porte). *Amsterdam*, 1767. — L'Art de désopiler la rate (par Panckoucke) *A Venise*, 178873. — L'Esprit de l'improvisateur français. *Paris*, 1812. — Choix d'anecdotes amusantes (par Meynier). *Paris*, 1830 — Anecdotes de théâtre, par L. Loire. *Paris*. 1875.

259. — Anecdotes. 10 vol. in-8, in-12 et in-18, reliés.

Amusemens sérieux et comiques. *La Haye*. 1719. — Magasin récréatif. *Amsterdam*. 1767. — Aménités littéraires (par Chomel). *Paris*, 1773, 2 vol. — Grivoisiana, par Martainville. *Paris*, 1807. *front. colorié.* — Beaumarchaisiana, par Cousin d'Avallon. *Paris*, 1807. — Rivaroliana, par Cousin d'Avallon. *Paris*, 1807.— Anecdotes militaires, par Nougaret. *Paris*, 1808, 4 vol.

260. — Bibliothèque de société, conten. des mélanges intéressans de littérature et de morale, une élite de bons mots, d'anecdotes, etc. (par Chamfort et Hérissant). *Paris*, 1771, 4 vol. in-12, v. m. — Por-

tefeuille français ou choix d'épigrammes, madrigaux, fables, contes, chansons, anecdotes, etc. (par Capelle). *Paris*, 1806-1812, 6 vol. in-18, front., v. rac. (*L'année 1810 manque*). — Ens. 10 vol.

261. — Sottisier, par Ars. Arüss. *Paris*, 1886, in-8, fig., br. — Baufumé en tournée électorale, par Plik et Plok. *Paris, s. d.* (1869), in-4 oblong, fig., br. — Les Parisiennes, par Grévin et Huart, 1re partie. *Paris, s. d.*, gr. in-8, br. — Choix des plus jolis numéros de la Vie Parisienne. *Paris, s. d.*, in-4, fig., br. — Ens. 4 vol.

262. — Les Quinze Joyes de mariage, ouvrage très ancien, auquel on a joint le Blason des fausses amours, le Loyer des folles amours et le Triomphe des Muses contre l'amour. *La Haye*, 1726, pet. in-8, cart.

263. — Vie et actes triumphans d'une damoiselle nommée Catharine des Bas-Souhaiz. *Paris, Gay*, 1862. — Les Privilèges du Cocuage. *A Vicon*, 1682. — Soit 2 vol. pet. in-12, pap. vergé, br.

Réimpressions à 100 exemplaires numérotés.

264. — Alphabet de l'imperfection et malice des femmes, reveu, corrigé et augmenté par Jacques Olivier. *Paris*, 1876, in-8, pap. vergé, br.

Avec 40 eaux-fortes par Gilbert, gravées par Cattelain.

265. — L'Amour divisé, discours académique où il est prouvé qu'on peut aimer plusieurs personnes en mesme temps également et parfaitement (par Dalibray). *Paris*, 1653, in-8, v. m. (*2 trous de ver*). — La Clef des Cœurs. *Paris*, 1670, pet. in-12, front., dem.-rel. — Nouvelle histoire du temps ou la relation véritable du royaume de la Coqueterie (par l'abbé d'Aubignac). *Paris*, 1655, pet. in-12, parc. (*Titre remonté*). — Ens. 3 vol.

266. — Maximes et Loix d'amour. Lettres, billets doux et galans, poésies. *A Paris, Oliv. de Va-*

rennes, 1669, in-12, maroq. bleu jans., tr. dor. (*Thibaron-Echaubard*).

Bel exemplaire.

267. — Ouvrages sur l'amour, les femmes, la galanterie. 10 vol. de divers formats, reliés et brochés.

Maximes et questions d'amour (par Jaulnay). *Paris*, 1674, *front.* — L'Esprit de Cour ou les Cent Conversations galantes, par René Bary. *Paris*, 1681. — Nouvelles lettres et œuvres galantes (par Soyer d'Estauvelles). *Paris*, 1724. — Lettres galantes et poésies diverses de Mme la marquise de P** (Perne). *Paris*, 1724. — L'Art d'aimer à la mode *Paris*, 1725. — La Bibliothèque des Dames. *Amsterdam*, 1764, *front.* — Les Métamorphoses de l'amour, par C*** D*** (Coutant d'Orville). *S. l.*, 1769. — Relation du royaume de la Coquetterie par l'abbé d'Aubignac. — Evenor et Leucippe, par G. Sand. *Bruxelles*, 1856, 2 vol.

268. — Dissertations sur l'amour et le mariage. 5 vol. in-12, rel. veau.

Traité de l'excellence du mariage, par Jacques Chaussé, sieur de la Terrière. *Paris*, 1685. — Du bonheur et du malheur du mariage, par de Mainville. *Paris*, 1688. — L'Amour dévoilé ou le système des simpathistes (par Tiphaine). 1749. — L'Art de connoître les femmes, par le chevalier Plante-Amour (Fr. Bruys). *Amsterdam*, 1749. — Code de l'amour. *A Cithère*, *s. d.*

269. — Ouvrages sur l'amour, les femmes, etc. 11 vol. in-18 et in-12, rel. et br.

Lettres portugaises. *Lyon*, 1686. — Le Voÿage de l'isle d'amour (par l'abbé Tallemant). *La Haye*, 1713, *front.* — Recueil de divers écrits sur l'amour. *Paris*, 1736. — La Parisienne en province, par Barbé de Marbois. *Paris*, 1769. — L'Esprit de Julie, par Formey. *Berlin*, 1769. — L'Année galante (par de l'Etorière). *Paris*, 1785. — Le Soupé de Julie. *Bagatelle*, 1788. — Le Papillotage. *Rotterdam*, 1769. — Paris, les femmes et l'amour. *Paris*, 1816 — Physiologie de la lorette, par Alhoy. *Paris*, *s. d.*, *fig. de Gavarni*. — Sus aux gandins ! *Paris*, 1860. — La Bordelaise, par Jacques Le Doux. *Bordeaux*, 1870. — Anecdotes sur les femmes, par L. Loire. *Paris*, 1878.

270. — Ouvrages sur l'amour, les femmes, etc. 10 vol. in-8 et in-12, rel. et br.

Discours nouveau sur la mode. *Paris*, 1613. (*Réimpression*). — Le Caractère du faux et du véritable amour. *Paris*, 1716. — Instructions galantes et sérieuses pour une demoiselle qui veut entrer dans le monde. *Amsterdam*, 1730. — L'Ami des Femmes, par Boudier de Villemont. *Paris*, 1788. (*Grand papier*). — Féminæana, par Marc-Antoine. *Paris*, *an IX*. — L'Art de rendre les femmes fidèles. *Paris*, 1828. — Dictionnaire d'anecdotes sur les femmes, le mariage et la galanterie, par

Larcher. *Paris*, 1861. — L'amour, les femmes, le mariage, par A. Ricard. *Paris*, 1867. — Anecdotes sur les femmes, par L. Loire. *Paris*, 1878. — G. Prevost. L'Ecole d'amour. *Paris*, 1889.

271. — Ouvrages sur les femmes, l'amour, le mariage, etc. 10 vol. de formats divers, br. et rel.

Le supplément de Tasse rouzi friou titave, aux femmes ou aux maris pour donner à leurs femmes (par Bordelon). *Paris*, 1713. — La Femme et les Vœux (par de Ferrières). *Paris*, 1788. — L'Art de connaître les femmes. *Paris*, 1821. — La Femme, par A. Monod. *Paris*, 1848. — Les Métamorphoses de la femme, par Moupont. *Paris*, 1858. — Le Livre des amants, par Giniez. *Paris*, 1859. — Le nouveau Décaméron des jolies femmes, par Marc Constantin. *Paris*, 1860. — Histoire de l'amour dans les temps modernes, par Cenac-Moncaut. *Paris*, 1863. — La Pornocratie, par Proudhon. *Paris*, 1875. — Anecdotes sur les femmes, par L. Loire. *Paris*, 1878.

272. — Ouvrages sur les femmes, l'amour, le mariage, etc. 10 vol. in-12, rel. et br.

La Malice des femmes. *Troyes*, 1772. — Les Grâces ou l'Assemblée des dieux aux fêtes de l'amour. *Genève*, 1775. — Pensées sur les femmes et le mariage, par un vieux militaire. *Kehl*, 1782. 3 vol. (*Front.*). — Lettres portugaises. *Paris*, 1824. — Mmes les femmes et MM. les hommes, par A. Ricard. *Paris*, 1859. — Le Livre des femmes au XIXe siècle, par E. Boursin. *Paris*, 1866. — Somatologie de la femme, par R. de Bierzynski. *Paris*, 1869. — H. de Balzac. Physiologie du mariage. *Paris*, 1873.

273. — Ouvrages sur l'amour, les femmes, le mariage. 10 vol. in-18 et in-12, rel. et brochés.

Le Miroir des femmes. *Troyes. Garnier s. d.* (1717). — L'Art de rendre les femmes fidelles. *Paris*, 1788, 2 vol. — Code de l'amour (par H. Raisson). *Paris*, 1829, *fig. sur chine*. — Le Livre des femmes, par MM. Dufrénoy et Tastu. *Gand*, 1823, 2 vol. (*Portraits*). — Grammaire conjugale (par Raisson). *Paris*, *s. d.* (*vers* 1835). *Figure*. — Les Vierges folles, par A. Esquiros. *Paris*, *s. d.* (*vers* 1840). — Larcher et Jullien. Ce qu'on a dit du mariage. *Paris*, 1858. — L'Amour par les grands écrivains, par Julien Lemer. *Paris*, 1863.

274. — Ouvrages sur les femmes, l'amour, le mariage, etc. 10 vol. in-18 et in-12, br.

Essai sur le mariage (par Pétion). *Genève*, 1785. — Science du cœur, par Carola. *Paris*, 1844. — L'Esprit des femmes, par P.-J. Stahl. *Bruxelles*, 1856 — Ce qu'on a dit de la fidélité et de l'infidélité, par Larcher et Jullien. *Paris*, 1858. — Le Bien qu'on a dit de l'amour, par C. Deschanel. *Paris*, 1858. — Le Mal qu'on a dit de l'amour, par E. Deschanel. *Paris*, 1858. — La Figure féminine au XIXe siècle, par E. Chantepie. *Paris*, 1861. — Anthologie de l'amour, par Quitard. *Paris*, 1878.

275. — Essai sur l'Amour (par Dreux, ancien bibliothécaire de Tours). *Paris, an VII*, in-18, front. gravé par Lefèvre, dem.-rel. vél. blanc, tête dor., non rog.

Petit volume rare. — Bel exemplaire en papier vélin.

276. — Le XVIIIe siècle galant et littéraire. *Bruxelles*, 1888-1889, gr. in-8, fig., br.

V. — SATIRES. — DIALOGUES. — ÉPISTOLAIRES. POLYGRAPHES. — MÉLANGES.

277. — Ouvrages satiriques. 9 vol. in-12, rel. et brochés.

Le Parnasse réformé (par Guéret). *Paris*, 1668, *front.* — Amusemens sérieux et comiques (par Dufresny). *Paris*, 1707. — Vérités satiriques (par l'abbé de Villiers). *Paris*, 1725. — Productions d'esprit, ouvrage critique du Dr Swift (par l'abbé de Beaumont). *Paris*, 1736. — Bibliothèque des petits-maîtres (par Gaudet). *Au Palais-Royal*, 1762. — Diogène conteur ou les lunetes de vérité. *S. l.*, 1764. — Le Livre à la mode, par le chevalier des Essarts. *Amsterdam*, 1770. — Petit dictionnaire de la cour et de la ville (par Clément). *Paris*, 1788. — Un Provincial à Paris pendant l'année 1789. *Strasbourg, s. d.*

278. — Ouvrages satiriques. 10 vol. in-8 et in-12, rel. et broch.

L'Esprit du siècle (par l'abbé de Lubières). *Paris*, 1707. — Les Malheurs des enfans du Parnasse. *Rouen*, 1729. — Relation de ce qui s'est passé dans une assemblée tenue au Parnasse (par l'abbé d'Artigny). *La Haye*, 1739. — Le Cosmopolite (par Fougeret de Monbron). *Aux dépens de l'auteur*, 1751. — L'École de l'homme (par Génard). *Amsterdam*, 1752, 2 vol. — Catéchisme des cacouacs. *Cacopolis*, 1758. — Joseph, tragédie, par l'abbé Genest. *Paris*, 1731, *front.* — Dissertation sur un faux jugement porté contre le progrès des sciences. *Paris*, 1780. — Les Joueurs et M. Dusaulx. *Agripinæ*, 1781. — Les Français justifiés du reproche de légèreté, par Lemoine. *Paris*, 1815.

279. — Ouvrages satiriques. 10 vol. in-12, rel. et br.

Les Solitaires en belle humeur (par l'abbé Bordelon). *Paris*, 1722. — Amusemens sérieux et comiques (par l'abbé Dufresny). *Paris*, 1707. — Eloge de quelque chose (par Coquelet). *Paris*, 1730. — La Oille. Mélanges ou assemblage de mets pour tous les goûts. *Constantinople*, 1733, *front.* — Mon radotage (par Marchand). *Bagatelle*, 1759. — L'Aveugle qui refuse de voir (par Cerfvol) *Londres, s. d.* — Paradoxes moraux ou littéraires (par Mauvillon). *Amsterdam*, 1768. — Paris, le modèle des nations étrangères (par Caraccioli). *Paris*, 1777. — Les Chiffons, par Mlle Javotte (par St-Aubin). *Paris*, 1787. — Histoire du bonhomme Misère. *Paris*, *s. d.*

280. — Ouvrages satiriques. 10 vol. in-12 et in-8, rel. et br.

L'homme détrompé ou le Criticon, par B. Gracian. *La Haye*, 1725, 3 vol., *front.* — Recueil de toutes les feuilles de la spectatrice. *Paris*, 1730. — Les amusemens des gens d'esprit. *Paris*, 1756. — Les Usages (par Treyssac de Vergy). *Genève*, 1763 — Petit dictionnaire de la cour et de la ville (par Clément) *Paris*, 1788, 2 vol. — Les Douceurs de la vie (par Dufresne). *Paris*, 1816. — L'Homme gris (par Féret). *Paris*, 1817.

281. — Ouvrages satiriques. 10 vol. in-12 et in-8, rel.

Recueil de ces Messieurs (par le comte de Caylus). *Amsterdam*, 1745. — L'Ecole de l'homme (par Génard). *Paris*, 1752. — Carpentariana. *Paris*, 1741. — Lettres d'Osman (par le chevalier d'Arc). *Constantinople*, 1753. — Le Procès sans fin (par le Dr Swift). *Londres*, 1754. — Les Sotises du tems (par Clément). — Anecdotes morales sur la fatuité (par Thorel de Campigneulles). *Paris*, 1760. — Dictionnaire des mœurs (par Bastide). *Paris*, 1773. — L'Europe française (par Caraccioli). *Paris*, 1776. — Réflexions sur les grands hommes qui sont morts en plaisantant, par Deslandes. *Amsterdam*, 1776.

282. — Le Gazetier cuirassé ou anecdotes scandaleuses de la Cour de France (par Theveneau de Morande). *Imprimé à cent lieues de la Bastille*, 1777, in-12, front., br. — L'Espion dévalisé (par Baudoin de Guémadeuc). *Paris*, 1782. in-8, v. j. — Ens. 2 vol.

283. — Ouvrages satiriques. 10 vol. in-12 et in-8, rel et brochés.

Le Livre sans titre, par Coutan. *Paris*, 1778. — L'Ecu de six francs (par Caraccioli). *Paris*, 1778. — Les Numéros (par Peyssonnel). *Paris*, 1784, 2 vol. — Des Parisiens, de leurs mœurs, par Brassempouy. *Paris*, 1807. — Vie gaie et drôle, testament et enterrement du berger Hébert. *Paris*, 1817. — Dictionnaire de la folie et de la raison, par Collin de Plancy. *Paris*, 1820. — Scènes contemporaines, par la vicomtesse de Chamilly. *Paris*, 1838. (*Fig. d'Henri Monnier*). — Dictionnaire pittoresque, par Cousin d'Avallon. *Paris*, 1835. — Les Trois Rocs, par E. Laudun. *Paris*, 1862. — Ch. D'Arcis. La Correctionnelle pour rire. *Paris*, *s. d.*, *fig.*

284. — Ouvrages satiriques. 7 vol. in-12 et in-18, rel. et brochés.

La Confession générale d'Audinot, réimpr. par Aug. Paër. *Rouen*, 1880, *front.* — Diderot. Le Neveu de Rameau, publié par Ch. Asselineau. *Paris. Poulet-Malassis*, 1862. — Mayeux l'indépendant, pa Bastide. *Paris*, 1852. — Les Femmes, par H. de Balzac. *Paris*, 1856. — Jean Dolent. Une Volée de Merles. *Paris*, 1863. — Aur Scholl Les Cris du Paon. *Paris*, 1866. — La guerre de 1870 L'esprit parisien produit du régime impérial, par E. Leclercq. *Bruxelles*, 1871.

285. — Ouvrages satiriques. 10 vol. in-12 et in-18, br.

Physionomies contemporaines, par A. de Belloy. *Paris*, 1858. — Le Musée secret de Paris, par Ch. Monselet. *Paris*, 1858. — C. Delthil. Silhouettes provinciales. *Paris*, 1861. — Le Manteau d'Arlequin, par E. Montagne. *Paris*, 1866. — Ch. Monselet. La Revue sans titre. *Paris*, 1877, — Au Bal masqué, par P. Mahalin. *Paris. s. d., fig.* — Les Coulisses, par A. Scholl. *Paris*, 1887. — La Farce politique, par A. Scholl. *Paris*, 1887. — Les Séducteurs, par Gyp. *Paris*, 1888. — L. Gandillot. De fil en aiguille. *Paris*, 1891.

286. — Les Dialogues de feu Jaques Tahureau, gentilhomme du Mans, non moins profitables que facecieux. *En Anvers, par P. Vibert*, 1574, in-16, v. m.

Edition rare. — Piqûre de ver dans la marge et court en tête.

287. — Dialogues moraux de M. de C*** (Campigneulles), suivis de l'histoire d'un baron picard. *Amsterdam, s. d.*, in-12, beau front. par Gravelot gr. par Fessard, dem.-rel. chagr. vert, tr. marbr. — Les Egaremens d'un philosophe, par de St-Clair. *Paris*, 1787, 2 tom. en 1 vol. in-12, 2 fig. par Binet, cart. — La Femme comme on n'en connoît point (par de Ste-Colombe). *Londres*, 1786. — Les Rébus. *S. l., n. d.* (Le titre manque). — Les Friponneries de Londres, par Pissot. *Paris, an XIII*, front. non sig. — L'Ami des filles (par de Graville). *Paris*, 1770. Ens. 4 ouvr. en 1 vol. in-12, dem.-rel. veau. — Ens. 3 vol.

288. — Epistolaires. 10 vol. in-12, reliés.

Lettres et billets galants. *Paris. Barbin*, 1668. — Lettres de respect, d'obligation et d'amour, par Boursault. *Amsterdam*, 1698, *front.* (*Piqûres de ver*). — Lettres nouvelles de Boursault. *Paris*, 1738, 3 vol. Lettres turques (par St-Foix), et le Temple de Gnide, du même auteur. *Cologne, P. Marteau*, 1748. — Lettres de Mme de S*** (Sévigné) à M. de Pomponne. *Amsterdam*, 1756. (*Edit. originale*). — Lettres de Mlle de Montpensier. *Paris*, 1806. — Lettres de Mmes de Scudéry et Descartes. *Paris*, 1806. — Correspondance aimable ou recueil de lettres écrites à ces dames, par Cailly. 1796. (*Manuscrit autogr. de l'auteur*).

289. — Les Français peints par eux-mêmes. *Paris*, *s. d.*, 2 vol. gr. in-8, fig., cart. toile, tr. dor.

290. — Scènes de la vie et de la campagne, avec vignettes sur bois par Henry Monnier, gravées par Gérard. *Paris*, *Dumont*, 1841, 2 vol. in-8, dem.-rel. toile Bradel, non rognés.

Bel exemplaire.

291. — Charles Monselet. Statues et statuettes contemporaines. *Paris*, *Giraud et Dagneau*, 1852, in-12, br., avec la couverture.

Première édition.

292. — Recueil de pièces galantes en prose et en vers de Mme la comtesse de la Suze et de M. Pellisson. *Trévoux*, 1748, 5 vol. in-12, v. m.

293. — Œuvres choisies de feu M. de la Monnoye. *La Haye*, 1750, 3 vol. in-8, dem.-rel., mar. rouge.

294. — Œuvres diverses de Marivaux. *Paris*, 1765, 4 vol. in-12, br., non rog. — Œuvres choisies de Diderot. *Paris*, 1874, 2 vol. — Ens. 6 vol.

295. — Œuvres de Gresset. *Londres*, 1748, 2 vol. in-18, v. éc. — Œuvres de Vergier. *Lausanne*, 1752, 2 vol. in-18, front., v. m. — Œuvres de Segrais. *Paris*, 1755, 2 vol. in-18, v. m. — Œuvres choisies de Moncrif. *Paris*, 1801, 2 vol. in-18, v. rac., port. — Ens. 8 vol.

296. — Œuvres de Ponce Denis (Ecouchard) Lebrun. *Paris*, 1811, 4 vol. in-8, port., br. — Œuvres diverses de M. Roger, de l'Académie française. *Paris*, 1835, 2 vol. in-8, br.

297. — Littérature étrangère. 11 vol. in-18 et in-12, rel. et br.

Marilie, chants élégiaques de Gonzaga, tr. du portugais par E. de Monglave et P. Chalus. *Paris*, 1825. — Le Voyage au Parnasse de Michel de Cervantes, tr. en français pour la pr. fois, par J.-M. Guardia. *Paris*, 1864. — La Célestine, tragi-comédie de Calixte et Mélibée, tr. de l'espagnol par Germond de Lavigne. *Paris*, 1841. — Avvenimento amorosi di Psiche, poema eroico del sig. Hercole Udine. *Venetia*. 1617, *fig*. — Les Madrigaux amoureux du cavalier Guarini, tr. d'ital. en vers français (par Picot Baron). *Paris*, 1664. — Il Pastor fido del sig. cav. Guarini. *Amstelodami*, 1663, *fig*. — Satyres d'Young, tr. de l'anglais par Bertin. *Paris*, an V, *fig*. — Herman et Dorothée, poème de Gœthe, tr. par Bitaubé. *Paris*, an IX, *fig*. — Vilhelmino, poème de Thummel, trad. par Huber. *Londres*, 1774. — Idylles et contes de Bronner, tr. de l'allemand par Holerbach. *Paris*. 1789, *front*. — Gœthe. Faust, trad. de G. Gross. *Paris*, *s. d.*

298. — Variétés historiques et littéraires, recueil de pièces volantes rares et curieuses en prose et en vers, revues et annotées par Ed. Fournier. *Paris*, 1855, 8 vol. in-16, pap. vergé, cart., toile, non rog.

Manquent les tomes I et III.

299. — Mélanges de littérature. 11 vol. in-12, rel.

Voyage de MM. La Chapelle et de Bachaumont. *Francfort*, 1697. — Œuvres mêlées de M. de R. B. (le comte de Rebenac). *Amsterdam*, 1722. — Colifichets poétiques, par Bicomonolofalati. *A la Chine*, 1741, in-12. — Œuvres mêlées de M. E. D. L. C. (d'Espiard de Lacour). *Amsterdam*, 1749. — Variétés amusantes et instructives. *Paris*. 1749. — Nouv. Portefeuille historique et littéraire, par Brusen de la Martinière. *Amsterdam*, 1755. — Variétés philosophiques et littéraires (par l'abbé Ansquer). *Paris*, 1762. — Réflexions diverses propres à former l'esprit et le cœur. *Paris*, 1749. — Œuvres diverses de M. de Joncourt. *La Haye*, 1764. — Effets de l'air sur le corps humain (par le marquis de Bethizi). *Paris*, 1760. — Pièces intéressantes et peu connues (par La Place). *Maestricht*, 1786, 3 vol.

300. — Mélanges de littérature. 9 vol. in-12 et in-8, rel.

L'Esprit de Guy Patin (par l'abbé Bordelon). *Amsterdam*, 1709. — Réflexions morales, satiriques et comiques sur les mœurs de notre siècle (par Bernard). *Amsterdam*, 1711. — Essais sur divers sujets de littérature et de morale (par l'abbé Trublet). *Paris*, 1735. — Caprices d'imagination (par Bruhier d'Ablaincourt). *Paris*, 1740. — Amusemens philosophiques et littéraires de deux amis (par le comte de Turpin et J. Castilhon). *Paris*, 1754. — Le Philosophe malgré lui, par Chamberlan. *Amsterdam*, 1760. — Cela est singulier (par Chevrier). (*Le titre manque*). — Recueil d'instructions et d'amusements littéraires (par de Massac). *Amsterdam*, 1765. — Maximes et réflexions nouvelles (par de Massac). *Paris*. 1773. — Pièces intéressantes et peu connues (par de La Place). *Bruxelles*, 1781. — Trois élégies, par N de Lamarque. *Paris*, 1824. — Adieux à Sidi Mahmoud (par Barthélemy). *Paris*, 1825. — Eloge de la Paume, par Bajot. *Paris*, 1824. — Epître à M. de Chalabre (par Barthélemy). *Paris*, 1825. — Mercure du XIXe siècle. — La Muse française (*quelques n^os*).

301. — Mélanges de littérature. 11 vol. in-12, rel.

Le Passe-tems agréable (par de Rochefort). *Rotterdam*, 1715, front. — Bibliothèque amusante (par Niceron). *Paris*, 1757, 3 vol. — Mélange curieux et intéressant, par de Mirone. *Amsterdam*, 1767, 2 vol. — Les Nuits anglaises (par Contant d'Orville). *Paris*, 1770, 4 vol. — Recueil de gaieté et de philosophie. *S. l. n. d.* (vers 1780).

302. — Mélanges de littérature et de poésie. 10 vol. in-12 et in-18, rel.

Mémoires historiques, politiques, critiques et littéraires, par Amelot de la Houssaie. *Amsterdam*, 1737, 3 vol. — Voyage de MM. Bachaumont et la Chapelle. *Trévoux*, 1741. — Colifichets poétiques, par M. Bicolomonofalati. *A la Chine*, 1741. — Recueil de différentes choses, par M. le marquis de Lassay. *Lausanne*, 1756, 4 vol. — Diversités galantes et littéraires. *Paris*, 1777, 2 vol.

303. — Mélanges de littérature. 10 vol. in-12 et in-8, rel.

Le Perroquet ou mélanges de diverses pièces. *Francfort*, 1742, 2 vol. — Essais sur divers sujets de littérature, par l'abbé Trublet. *Paris*, 1762, 4 vol. — Diversités galantes et littéraires. *Londres*, 1778. — Chefs-d'œuvre politiques et littéraires de la fin du XVIIIe siècle. *S. l.*, 1788, 3 vol.

304. — Mélanges. 10 vol. in-8 et in-12, rel.

Mémoires et lettres de M. le marquis d'Argens. *Londres*, 1748. — Lettres sur les aveugles (par Diderot). *Londres*, 1749. — La Ratomanie (par La Marche). *Amsterdam*, 1767. — Tournée dans les provinces de la France, par Wraxall. *Rotterdam*, 1777. — Voyage de MM. Chapelle et Bachaumont. *La Haye*, 1750. — La Double beauté. *Cantorbery*, 1754. — Les Délassements champêtres (par Marchand). *La Haye*, 1767, 2 vol. — Pot pourri (par le marquis de Luchet). 1784, 4 vol.

305. — Mélanges. 10 vol. in-12 et in-8, rel. et br.

La vie et les aventures du petit Pompée, par Toussaint. *Londres*, 1752, *port.* — Œuvres de Chapelle et de Bachaumont. *Paris*, 1755. — Revue des auteurs vivans (par Favier). *Lausanne*, 1799. — Une soirée chez Mme Geoffrin, par la duchesse d'Abrantès. *Paris*, 1837. — Physiologie de l'homme à bonnes fortunes, par E. Lemoine. *Paris*, *s. d.*, *fig.* — L. de Lyvron. Poèmes en prose. *Paris*, 1867. — Le Drageoir à épices, par Huysmans. *Paris*, 1874. — Anecdotes, bons mots, par L. Lovie. *Paris*, 1875. — Eloge de la folie, par Erasme. *Paris*, 1876.

306. — Mélanges de littérature. 10 vol. in-12 et in-8, rel. et br.

Amusemens philosophiques et littéraires de deux amis (par le comte de Turpin et J. Castilhon). *Paris*, 1756. — Recueil d'instructions et d'amusemens littéraires (par de Massac). *Amsterdam*, 1765. — Esprit de Saint-Réal (par Chicaneau de Neuville). *Paris*, 1768. — Nouveaux mélanges de littérature, d'histoire et de philosophie d'un centenaire. *S. l.*, 1769. — Mélanges gais, intéressans et philosophiques. *S. l.*, 1784. — Essais de mon ami publiés par moi. *Paris*, 1788. — Œuvres mêlées en vers et en prose (par Masson de Morvilliers). *Paris*, 1789. — Tablettes d'un curieux (par Sautreau de Marsy). *Bruxelles*, 1789, 2 vol.

307. — Mélanges de littérature et de critique. 10 vol. in-12 et in-8, rel. et br.

Lettre d'un théologien à l'auteur du dictionnaire des trois siècles (par Condorcet). *Berlin*, 1774. — Calembours et jeux de mots des hommes illustres, par A. Couvret. *Paris*, 1807, 2 vol. — Le livre des proverbes français, par Leroux de Lincy. *Paris*, 1842, 2 vol. — Les Petits mystères de l'Académie française, par A. de Drosney. *Paris*, 1844. — Mis de Belloy. Les Toqués. *Paris*, 1860. — La fin de l'Académie, par A. Ponroy. *Paris*, 1872 — Les Taches d'encre, par M. Barrès. *Paris*, 1884. — Physionomies contemporaines, par A. de Belloy. *Leipzig*, *s. d.*

308. — Mélanges de littérature. 10 vol. in-8 et in-12, rel. et br.

Mélanges de littérature et d'histoire, par le baron de Villenfagne. *Liège*, 1788, *front.* — Mélanges de littérature et de critique, par Ch. Nodier. *Paris*, 1820, 2 vol. — Mélanges philosophiques et littéraires, par Auger. *Paris*, 1828, 2 vol. — Mélanges et pensées, par Geruzez. *Paris*, 1866. — Histoire du caractère et de l'esprit français, par Cenac Moncaut. *Paris*, 1867, 3 vol. — Philosophie mondaine, par X. Aubryet. *Paris*, 1876.

309. — Mémoires et mélanges historiques et littéraires, par le prince de Ligne. *Paris*, 1827, 4 vol. in-8, port., br. — Lettres et pensées du maréchal prince de Ligne. *Paris*, 1809, in-8, v. rac. — Ens. 5 vol.

310. — Mélanges de littérature. 10 vol. in-12 et in-8, rel. et br.

V. Hugo. Littérature et philosophie mêlées. *Bruxelles*, 1834, 2 vol. (*Les titres manquent*). — Le Diamant, souvenirs de littérature. *Paris*, *s. d.*, *fig.* — Revue parisienne, par de Balzac. *Paris*, 1840. — Saphir, par E. Deschanel. *Paris*, 1854. — A V. Etudes morales et littéraires. *Paris*, 1860. — Napoléon III. Mélanges. *Paris*, 1862. — Le Journal de lecture. *Paris*, 1870. — J. Favre. Mélanges. *Paris*, 1882. — F. Champsaur. Le Défilé. *Paris*, 1887. — Le Rêve d'un flaneur. *Paris*, 1888.

311. — Mélanges d'histoire et de littérature. 10 vol. in-8 et in-12, rel. et br.

Correspondance et relations de J. Fiévée avec Bonaparte. *Paris*, 1837, 3 vol. — Les Nattes, par L. Veuillot. *Paris*, 1844. — Denk Wurdigkeiten eines royalisten, von H. von Scharff. *Berlin*. 1859. 2 vol. — Aur. Scholl. Les Dames de Risquenville. *Paris*. 1865 — Les Odeurs de Paris, par L. Veuillot. *Paris*. 1867. — Chefs-d'œuvre des conteurs français avant La Fontaine. *Paris*. 1874. — Du 16 mai au 2 septembre 1877. *Paris*, 1877.

312. — Mélanges de littérature. 10 vol. in-12, br.

Lettres choisies de J.-J. Rousseau. *Paris*, *s. d.* — Scènes et mensonges parisiens, par A. Scholl. *Paris*. 1863. — P. Véron. La Comédie en plein vent. *Paris*. *s.d.* — Le Manteau d'Arlequin, par E. Montagne. *Paris*. 1866. — Qu'en pensez-vous ? par Hix. *Paris*, 1867. — X. Aubryet. Les Représailles du sens commun *Paris*. 1873. — Les Libres-Penseurs, par L. Veuillot. *Paris*, 1872. — Sainte-Beuve. Lettres à la Princesse. *Paris*. 1873. — Chefs-d'œuvre des conteurs français *Paris*. 1874. — En 18.., par E. et J. de Goncourt. *Bruxelles*. 1884.

HISTOIRE

HISTOIRE ANCIENNE. — HISTOIRE DE FRANCE. — BIOGRAPHIE. — HISTOIRE LITTÉRAIRE. — BIBLIOGRAPHIE.

313. — Héliogabale, ou hist. morale de la dissolution romaine sous les empereurs (par Chaussard). *Paris*, 1802, in-8, front., cart., non rog. — Les Romains au temps de Pline le jeune, par M. Pellisson. *Paris*. 1882, in-12, br.

314. — Histoire de France. 5 vol. in-8 et in-12, rel. et br.

Mémoires pour serv. à l'hist. des mœurs et usages des Français, par A. Caillot. *Paris*. 1827, 2 vol. — Essais sur l'histoire de France, par Guizot. *Paris*, 1841. — Tablettes des révolutions de la France, de 1789 à 1848, par Cadiot. *Paris*, 1855. — Réflexions sur l'histoire contemporaine. *Paris*, 1871. — La Patrie, par Barrau. *Paris*, 1865.

315. — Histoire de France au XVIIIe siècle. 7 vol.

Voltaire. Siècle de Louis XIV. *Paris*, 1874. in-12, br. — La Gazette noire, par un homme qui n'est pas blanc (Théveneau de Morande). *S. l.*, 1784, in-8, cart. — Mémoires pour servir à l'hist. de Louis, dauphin de France. *Paris*. 1778, 2 vol. in-12, v. m. — Mémoires du comte Al. de Tilly. *Paris*, 1828, 3 vol. in-8, cart.

316. — Révolution. 10 vol. in-8, rel. et br.

L'Orateur du genre humain *Paris*, 1791. — La vie et le martyre de Louis XVI, par de Limon. *Bruxelles*, *s. d.* — Du gouvernement des mœurs, par Senac de Meilhan. *Hambourg*. 1795.— La République universelle, par An. Cloots. *Paris, an IV*. — Actes des philosophes et des républicains, par le comte de Barruel-Beauvert. *Paris*, 1807. — La Cour et la Ville, par Toulotte. *Paris*, 1828, 2 vol. — Mémoires historiques, par Garat. *Paris*, 1829, 2 vol. — Les Prisons en 1793, par la comtesse de Bohm. *Paris*, 1830. — L'Esprit de la Révolution de 1789, par P.-L. Rœderer. *Paris*, 1831.

317. — Révolution et Empire. 10 vol. in-18 et in-12, rel. et br.

L'Ogre de Corse, par Rougemaître. *Paris*, 1815, *fig*. — Petite biographie conventionnelle (par de Moulières). *Paris*, 1815, *fig*. — Notice histor. sur Lazare Hoche, par Pierre de Champrobert, *Nevers*, 1840, *port*. — Nouv. souvenirs et portraits, par Ch. Nodier, *Brux.*, 1841, *port*. — Championnet, par de St-Albin. *Paris*, 1861. — L'Ancienne France et la Révolution, par Nourrisson. *Paris*, 1873. — Elysée Loustalot et les révolutions de Paris, par Marc. Pellet. *Paris*, 1872. — Les Actes des Apôtres, par Marc. Pellet. *Paris*, 1873. — La Révolution, par Ars. Houssaye. *Paris*, 1876. — Hist. de la littérature révolutionnaire, par G. Duval. *Paris*, 1879.

318. — Paris (Ouvrages humouristiques sur). 13 vol. de divers formats, br. et rel.

Tout Paris en vaudevilles, par Marant. *Paris, an IX*. — Paris à la fin du XVIIIe siècle, par Pujoulx *Paris, an IX*. — Lettres d'un mameluck, par Lavallée. *Paris, an XI*. — Les Adieux de la Samaritaine aux bons Parisiens. *Paris, s. d.* — De la Police de Paris, par Claveau. *Paris*, 1831. — Paris dansant. *Paris*, 1845. — Les Oiseaux de nuit, par Th. Staines. *Paris*, 1845. — Paris dans un fauteuil, par Léo Lespès. *Paris*, 1855. — L'Opéra, par P. de Beauvoir. *Paris*, 1854. — Les Portiers de Paris. *Paris*, 1861. — Les Plaisirs de Paris, par Alf. Delvau. *Paris, s. d.* — J. Hoche. Les Parisiens chez eux. *Paris*, 1883. — Privat d'Anglemont. Paris inconnu. *Paris*, 1884.

319. — Provinces de France. 6 vol.

Les Fastes de Versailles, par H. Fortoul, *Paris*, 1844, gr. in-8, fig. sur acier, dem.-rel. (*Premier tirage*). — Fontainebleau, Versailles, Paris, par Jules Janin. *Paris, s. d.*, in-12, br. — Description de la ville d'Angers, par Péan de la Tuillerie. *Angers*, 1869, in-12, br. — E. Loudun. La Bretagne. *Paris*, 1861, in-12, br. — La Vendée, par E. Loudun. *Paris, s. d.*, in-8, br. — Expédition du général Cavaignac dans le Sahara algérien, par le Dr Jacquot. *Paris*, 1849, gr. in-8, br.

320. — Angers et ses environs. Album de gravures à l'eau-forte par Tancrède Abraham, texte par le comte de Falloux, Dom Piolin, J. André, P. Belleuvre, A. et L. Bonneau, Guy de Charnacé, d'Espinay, etc. *Château-Gontier*, 1875, gr. in-4, pap. vergé, en livraisons.

321. — Château-Gontier et ses environs, 30 eaux-fortes par Tancrède Abraham, texte par le comte de Falloux, A. Houssaye, Dom Piolin, le comte de Nogent, V. Pavie, A. Lemarchand, etc. *Château-Gontier*, 1872, gr. in-4, pap. vergé, en feuilles.

322. — Histoire étrangère. 10 vol. in-12 et in-8, rel. et br.

Evénemens de la Belgique des 25 août 1830 et jours suivants. *Paris*, 1830. — Théâtre de la guerre ou tableau de l'Espagne (par Chaussier). *Paris*, 1823, *fig.* — Relation du voyage d'Espagne (par Mme d'Aulnoy). *La Haye*, 1692. (*Raccommodage au titre*). — Essais historiques sur l'Angleterre (par Genet). *Paris*, 1761. — Lettres de M. de Muralt sur les mœurs et le caractère des Anglais. *Metz*, 1800. — Promenades en temps de guerre chez les Kabyles. *Alger*, 1860. — Au Bas-Niger, par Ed. Viard. *Paris*, 1886.

323. — Annales du règne de Marie-Thérèse, archiduchesse d'Autriche, par Fromageot. *Paris*, 1775, in-8, fig., v. m., fil.

1 portrait par Ducreux, gravé par Cathelin, 2 portraits en médaillon gravés par Gaucher, et 4 figures par Moreau gravées par Duclos, de Launay, Prévost et Simonet. — Bel exemplaire, avec de jolies épreuves de ces charmantes illustrations.

324. — Histoire étrangère. 11 vol. in-12 et in-8, rel. et br.

Lettres moscovites (par Locatelli). *La Haye*, 1736. — Anecdotes russes, recueill. par de la Marche. *Londres*, 1765. — Desbarolles. Le caractère allemand expliqué par la physiologie. *Paris*, 1866. — Instructions militaires de Frédéric II. *S. l., n. d.* — La vie du comte de Totleben. *Cologne, P. Marteau, s. d.* — Affaires Langrand-Dumonceau. *Bruxelles*, 1870. — Code pénal de Belgique. *Bruxelles*, 1867. — Réponse de M. de Bavay. *Bruxelles*, 1870. — Les Proscrits français en Belgique, par A. St-Ferréol. *Bruxelles*, 1870. 2 vol.

325. — Histoire générale des larrons, divisée en trois livres, par F. D. C. Lyonnois (F. de Calvi). *Paris*, 1631, in-8, cart. (*3e partie seulement; déchirure et mouillure*). — Le Vagabond ou l'histoire et le charactère de la malice et des fourberies de ceux qui courent le monde aux dépens d'autruy. *Genève*, 1867, pet. in-12, pap. vergé, br. (*Tiré à 100 exemplaires*). — Les Histoires tragiques de nostre temps, composées par F. de Rosset. *Lyon*, in-8, dem.-rel. 1666. — Ens. 3 vol.

326. — La France protestante ou vies des protestants français qui se sont fait un nom dans l'histoire, par Eug. et Em. Haag. *Paris.* 1859, 9 vol. in-8, dem.-rel., chagr. rouge.

Le titre du tome I manque.

327. — Biographie du XVIIIe siècle. 7 vol. in-8 et in-12, rel. et broch.

Mémoires et lettres de M. le marquis d'Argens. *Londres*, 1748. — Souvenirs de M. le comte de Caylus. *Paris, an XIII.* — Mémoires du comte de Caylus *Paris.* 1874. *front.* — Vie de Rivarol. par de la Platière. *Paris*, 1802, 2 vol., *portr.* — Eloge de Mme Geoffrin, par Morellet. *Paris*, 1812. — L'histoire du sieur abbé comte de Bucquoy, par Mme du Noyer. *Paris*, 1866. *front.*

328. — Biographies de femmes célèbres. 7 vol. in-12 et in-8, rel. et br.

La vie, les mœurs, le procès et la mort de Marie Stuart (par Mercier). *Paris*, 1793, *portr.* — Histoire de Mme Henriette d'Angleterre, par la comtesse de la Fayette. *Maestricht*, 1779 — Mémoires sur la vie de Mlle de Lenclos (par Bret). *Amsterd.*, 175', *portr.* — Mémoires et lettres pour servir à l'histoire de la vie de Mlle de Lenclos. *Rotterdam*, 1751 — Précis historique de la vie de Mme la comtesse du Barry. *Paris*, 1775, *portr.* — Anecdotes sur Mme la comtesse du Barri. *Londres*, 1775. — Le Pythagore moderne. *S. l.*, 1762. — La comtesse de Rochefort et ses amis. par L. de Loménie. *Paris*, 1870.

329. — Biographie littéraire. 4 vol. in-18 et in-8, br.

Revue des auteurs vivants (par Fabier). *Lausanne*, *s. d.* (1799). — Dictionnaire portatif des poètes français, par Philipon de la Madelaine. *Paris*, 1805. — Nécrologe des auteurs vivans (par le marquis de Langle). *Paris*, 1807. — Martyrologe littéraire (par Menegaud) *Paris*, 1816.

330. — Biographie satirique. 6 vol. de formats divers, rel. et brochés.

Le Petit almanach de nos grands hommes (par Rivarol). *S. l.*, 1788. — Le Petit almanach de nos grands hommes (par Rivarol). *Paris*, 1808. — Dictionnaire des gens de lettres vivants (par Cuisin) *Paris*, 1826. — Galerie des académiciens, par G. Valtier. *Paris*, 1863. — Le Barreau de Paris, par Maurice Joly. *Paris*, 1863. — P. Véron. Le Panthéon de poche. *Paris*, 1875.

331. — Le général F. S. Marceau, sa vie, sa correspondance, d'après des documents inédits, par H. Maze. *Paris*, 1889, gr. in-8, port. à l'eau-forte, br.

332. — Vie anecdotique de Duclos dit l'homme à la longue barbe. *Paris, s. d. (vers* 1830), in-18, br.

Avec une figure coloriée d'Henri Monnier.

333. — Biographie. 13 vol. et broch. de divers formats.

Les Bordelais en 1845 (par Dupuy). *Bordeaux, s. d.* — Galerie des Pritchardistes. *Paris*, 1846. — G. Sand. Garibaldi. *Paris*, 1860. — Portraits d'hier et d'aujourd'hui, par G. Merlet. *Paris*, 1865. — L. Rossignol. Nos petits journalistes. *Paris*, 1865. — M. Jules Favre et Henri Rochefort. *Paris*, 1869. — Le Cas de M. Henri Rochefort, par Ch. de Bussy. *Paris, s. d.* — Marquis de Villemer. Portraits cosmopolites. *Paris*, 1870. — Littérature française pendant la guerre de 1870-71, par A. Borchardt. *Berlin*, 1871. — Henri Rochefort's Narrative. *London*, 1874. — P. Véron. Le Panthéon de poche. *Paris*, 1875. — Ch. Buet. Médaillons et camées. *Paris*, 1885. — Biographie comique, par Commerson. *Paris, s. d., fig.*

334. — Dictionnaire universel des contemporains, par G. Vapereau. *Paris*, 1870-1873, gros vol. gr. in-8, dem.-rel. fatiguée.

335. — Dictionnaire universel des Contemporains, par G. Vapereau. *Paris*, 1880, gr. in-8 en fascicules.

336. — Biographie et histoire littéraire. 4 vol. in-12, br. et rel.

Décembre-Alonnier. — Typographes et gens de lettres. *Paris*, 1864. — Ch. Monselet. Portraits après décès. *Paris*, 1866. — T. Maillard. Les derniers Bohêmes. Henri Murger et son temps. *Paris*, 1874. — G. Sand. Souvenirs et impressions littéraires.

337. — Lycée ou cours de littérature ancienne et moderne, par J.-F. La Harpe. *Paris*, 1834, 2 vol. gr. in-8, port., dem.-bas. viol.

338. — Hist. littéraire des Troubadours (par l'abbé Millot). *Paris*, 1774, 3 vol. in-12, dem.-rel. — La Littérature française des origines à la fin du XVIe siècle, par Paul Albert. *Paris*, 1882, in-12, br. — La Poésie du moyen âge, par Gaston Paris. *Paris*, 1885, in-12, br. — La Littérature française au moyen âge, par G. Paris. *Paris*, 1890, in-12, br. — Ens. 6 vol.

339. — La Bibliothèque françoise de M. C. Sorel.

Paris, 1667, in-12, vél. à recouv. — Œuvres de Fr. de Los-Rios, libraire de Lyon. *Londres*, 1789, in-18, v. m. — Ens. 2 vol.

340. — Bibliothèque françoise ou histoire de la littérature françoise, par l'abbé Goujet. *Paris*, 1741, 18 vol. in-12, v. j.

Bel exemplaire.

341. — Histoire littéraire des femmes françoises (par l'abbé de la Porte). *Paris*, 1769, 5 vol. in-8, front. gravé, v. m. — Dictionnaire histor., littéraire et bibliographique des Françaises, par Mme Briquet. *Paris*, *an XII*, in-8, br. (*Mouillures*). — Ens. 6 vol.

342. — Histoire littéraire du XVIe siècle. 6 vol. in-8 et in-12, rel. et br.

Estienne Dolet, par J. Boulmier. *Paris*, 1857. *portrait*. — André Mage de Fiefmelin, par L. Audiat. *Paris*, 1864. — La vie et les œuvres de Du Bartas, par G. Pellissier. *Paris*, 1882. — Discours sur la vie et les œuvres d'Agrippa d'Aubigné, par G. Fabre. *Paris*, 1885. — Olivier de Magny, par J. Favre. *Paris*, 1886. — Les Mœurs polies et la littérature de cour sous Henri II, par L. Bourciez. *Paris*, 1890.

343. — Histoire littéraire du XVIe siècle. 9 vol. in-12 et in-8, br.

Etudes littéraires sur les écrivains français de la Réformation, par A. Sayous. *Paris*, 1841, 2 vol. — Les Prosateurs français du XVIe siècle, par E. Réaume. *Paris*, 1869.— Ant. de Laval et les écrivains bourbonnais de son temps, par H. Faure. *Moulins*, 1870. — La Satire en France, par C. Lenient. *Paris*, 1877, 2 vol. — Notice sur la vie et les œuvres d'A. et Ch. de Gamon, par A. Mazon. *Lyon*, 1885. — Etude littér. sur les poésies de J. Vauquelin de la Fresnaie, par Lemercier. *Nancy*, 1887. — E. Amiel. Erasme. *Paris*, 1889.

344. — Histoire littéraire du XVIIe siècle. 9 vol. in-8 et in-12, rel. et br.

Essai sur les variations du style français au XVIIe siècle, par A. Frémy. *Paris*, 1843. — Tableau de la littérature française au XVIIe siècle, par J. Demogeot, *Paris*, 1859. — Les Amoureux de Mme de Sévigné, par H. Babou. *Paris*, 1862. — Les Satires de Sonnet de Courval, par R. de Beaurepaire. *Caen*, 1865. — Etude sur Saint-Evremond, par Gilbert. *Paris*, 1866. — Etude sur St-Evremond, par Gidel. *Paris*, 1866. — G. Merlet. Saint-Evremond. *Paris*, 1870. — Histoire des poèmes épiques français du XVIIe siècle, par J. Duchesne. *Paris*, 1870. — La Littérature française au XVIIe siècle, par Paul Albert. *Paris*, 1882.

345. — Histoire littéraire du XVIIe siècle. 10 vol. in-12 et in 8, br.

La Bruyère et La Rochefoucauld (par Ste-Beuve). *Paris*, 1842. (*Rare*). — Les Ecrivains normands au XVIIe siècle, par C. Hippeau. *Caen*, 1858. — Portrait de La Rochefoucauld, par lui-même. *Paris*, 1870. — F. Brunetière. Histoire de littérature. *Paris*, 1883. — V. Fournel. De Malherbe à Bossuet. *Paris*, 1885. — A. Delvau. Les Sonneurs de Sonnets. *Paris*. 1885, *front.* — La morale des fables de La Fontaine, par Guinat. *Paris*, 1886. — J. Larocque. La Plume et le pouvoir au XVIIe siècle. *Paris*, 1888. — L'Evolution des genres, par F. Brunetière. *Paris*, 1890. — A. Le Breton. Le Roman au XVIIe siècle. *Paris*, 1890.

346. — Histoire littéraire du XVIIIe siècle. 10 vol. in-12, rel. et br.

L'Esprit des Almanachs (par Le Camus de Mézières). *Paris*, 1783. — Le Tribunal d'Apollon. *Paris*, *an VII*, 2 vol. — Les Galanteries du XVIIIe siècle, par Ch. Monselet. *Paris*, 1862. — Ch. Monselet. Les Oubliés et les dédaignés. *Paris*, 1876. — Marivaux moraliste, par E. Gossot. *Paris*, 1881. — La littérature française au XVIIIe siècle, par P. Albert. *Paris*, 1883. — Le chevalier Dorat et les poètes légers au XVIIIe siècle, par G. Desnoiresterres. *Paris*, 1887. — E. Bertin. Etudes sur la société française. *Paris*, 1888. — E. Faguet. XVIIIe siècle, études littéraires. *Paris*, 1890.

347. — Critique et histoire littéraire. 8 vol. in-8 et in-12, rel.

Le Nouvelliste du Parnasse (par l'abbé Desfontaines). *Paris*, 1734, 2 vol. — Agenda des auteurs ou calpin littéraire (par R. de Saint-Sauveur). *Au Parnasse*, 1755. — Le Pot pourri, étrennes aux gens de lettres (par Brissot de Warville). *Londres*, 1777. — Esprit du Mercure de France (par Merle). *Paris*, 1810. (Titre du tome I manque). Etrennes de l'Institut national (par Colnet). *Paris*, *an VII*. — Mémoires secrets de la république des lettres (par Colnet). *Paris*, *an VIII* (*Très rare*). — L'Enthousiasme ou les vœux d'un jeune poète. *Nice*, *an VIII*. — Epître sur la calomnie, par M.-J. Chénier. *Paris*, *an V*.

348. — Critique et histoire littéraire. 10 vol. in-12 et in-8, rel.

Le Philosophe invisible. *Utrecht*. 1741. — Observations sur la littérature moderne (par l'abbé de La Porte). *Paris*, 1755. — Anacréon vengé (par David). *Paris*, 1757. — Les Cinq années littéraires, par Clément. *Paris*, 1755, 2 vol. — Correspondance littéraire, par La Harpe. *Paris*, *an IX*, 5 vol.

349. — Histoire littéraire du XIXe siècle. 10 vol. in-12, br.

Souvenirs de Mme Jaubert. *Paris*, *s. d.* — E. Des Essarts. Les Voyages de l'esprit. *Paris*, 1869. — Ph. Audebrand. Souvenirs de la tribune des journalistes. *Paris*, 1867. — Nos morts contemporains, par E. Montégut. *Paris*, 1884. — L. Desprez. L'Evolution naturaliste. *Paris*, 1884. — A. Claveau. Contre le flot. *Paris*. 1886. — Essais de critique, par R. Fraty. *Paris*, *s.d.* — Le Mouvement littéraire au XIXe siècle, par G. Pellissier. *Paris*, 1889. — A. Delzant. Les Goncourt. *Paris*. 1889. — La littérature française de 1789 à 1830. par M. Albert. *Paris*, 1891.

350. — Histoire littéraire du XIXe siècle. 10 vol. in-12, br.

J. Claretie. Elisa Mercœur. *Paris*. 1864. — A. de Pontmartin. Nouveaux samedis. *Paris*, 1873. — La Littérature française au XIXe siècle. par Charpentier. *Paris*, 1875. — P. Bourget. Essais de psychologie contemporaine. *Paris*, 1883-1886, 2 vol. — L. Lacour. Gaulois et Parisiens. *Paris*. 1883. — Nos Poètes, par J. Tellier. *Paris*. 1888.— Ch. Morice. La Littérature de tout à l'heure. *Paris*, 1889. — J.-J. Weiss. Le Théâtre et les mœurs. *Paris*. 1889. — E. Biré. Victor de Laprade. *Paris*, *s. d.*

351. — Histoire littéraire du XIXe siècle. 10 vol. in-12, br.

Les poètes du peuples au XIXe siècle, par A Viollet. *Paris*, 1846. — X. Aubryet. Les Jugements nouveaux. *Paris*, 1860. — A. Barbier. Souvenirs personnels. *Paris*, 1883. — La Littérature française au XIXe siècle, par Paul Albert. *Paris*, 1883-1885. 2 vol. — Souvenirs d'un bugolâtre, par A. Challamel. *Paris*. 1885. — E. Goudeau. Dix ans de Bohême *Paris*, *s. d.* — Ch. Monselet. De A à Z. *Paris*, 1888. — E. Montégut. Dramaturges et romanciers. *Paris*. 1890. — J. Huret. Enquête sur l'évolution littéraire. *Paris*, *s. d.*

352. — Histoire littéraire. 7 vol. in-12, rel. et brochés.

Le Sacerdoce littéraire, ou le gouvernement des hommes de lettres, par Aristophane (S. Marin). *Paris*, 1832. — Lettres sur les écrivains français, par Van Engelgom (Lecomte). *Bruxelles*, 1837. (*Très rare*). — Les hommes et les mœurs en France sous le règne de Louis-Philippe, par H. Castille. *Paris*. 1853. — X. Aubryet. Les Jugements nouveaux. *Paris*, 1860. — Lettres sur l'école romantique, par un bénédictin (baron de Grovestins). *Paris*. 1864. — L'impeccable T. Gautier et les sacrilèges romantiques, par L. Nicolardot. *Paris*. 1883. — Nos écrivains, par Saint-Patrice, ill. de Lilio. *Paris*, 1887.

353. — Histoire littéraire. 10 vol. in-8 et in-12. br.

De l'invention originale, par E. Arnould. *Paris*, 1849. — Du rôle des coups de bâton dans l'histoire littéraire, par V. Fournel. *Paris*, 1858. — Les lettres et la liberté, par E. Despois. *Paris*, 1865. — Histoire du caractère et de l'esprit français. par Cenac-Moncaut. *Paris*, 1868, 3 vol. — P. Foucher. Les Coulisses du passé. *Paris*, 1873. — Les Lettres françaises. par Gellion-Danglar. *Paris*, 1882. — Nouvelles études critiques sur l'histoire de la littérature française, par F. Brunetière. *Paris*, 1882. — Histoire des femmes écrivains de la France, par Carton. *Paris*, 1886. (*Portraits*).

354. — Histoire littéraire du XIXe siècle. 10 vol. in-12, br.

Au Pied du grand Escalier, par Jacques le Vray. *Paris*, 1854. — La littérature française au XIXe siècle, par J. Charpentier. — Nouveaux Samedis, par A. de Pontmartin. (*Le titre manque*) — Auteurs et livres, par L. Ratisbonne. *Paris* 1868. — Poètes et poésies, par P. Albert. *Paris*, 1884. — Histoire de la critique littéraire en France, par H. Carton. *Paris*, 1886. — Ch. Le Goffic. Les Romanciers d'aujourd'hui. *Paris*, 1890. — Les Princes de la jeune critique, par G. Renard. *Paris*, 1890. — Les Evolutions de la critique française, par E. Tissot. *Paris*. 1890. — Histoire de la littérature française depuis 1815, par Ch. Gidel. *Paris*, 1891.

355. — Histoire littéraire du XIXe siècle. 10 vol. in-12, br.

L'Année littéraire, par G. Vapereau. 2e à 5e, 7e, 9e et 10e années — Nos gens de lettres, par A. Dusolier. *Paris*, 1865. — L. Rossignol. Nos petits journalistes. *Paris*. 1865. — H. Blaze de Bury. Alexandre Dumas. *Paris*, 1885.

356. — Histoire de la presse. 13 vol. et brochures de divers formats, rel. et br.

Des journalistes et des journaux. *Paris*, 1817. — Des journaux à prime et sans prime (par de Ste-Christine). *Paris*, 1823. — Quelques réflex. sur le procès du Constitutionnel et du Courrier, par l'abbé de La Mennais. *Paris*, 1825 — Assemblée extraordinaire des journaux. *Paris*, 1825. — La Presse parisienne. *Paris*, 1846. — Le journalisme et les journaux (par Liabour). *Paris*, 1848. — Physionomie de la presse (par Besson). *Paris*, 1848. — Histoire de la Presse en Angleterre et aux Etats-Unis, par Cucheval-Clarigny. *Paris*, 1857. — Paris-vivant : La Plume. La République des lettres. *Paris*. 1858. — Les journaux et les journalistes sous Louis-Philippe, par H. Castille. *Paris*, 1858. — A. Gagnière. Histoire de la Presse sous la Commune *Paris*, 1872. — J. Lemonnyer. Les journaux de Paris pendant la Commune. *Paris*. 1872.

357. — Histoire du livre dep. ses origines jusqu'à nos jours, par E. Egger. *Paris*, *s. d.* — L'Art de former une bibliothèque, par J. Richard. *Paris*, 1883, in-8, pap. vergé, br. — Variétés bibliographiques, par Ed. Tricotel. *Paris*, 1863, pet. in-8, br. — Ens. 3 vol.

358. — Dictionnaire histor. et bibliographique, par

Ladvocat. *Paris*, 1822, 5 vol. in-8, br. — Biographie des hommes vivants. *Paris*, 1818, 5 vol. in-8, v. — Ens. 10 vol.

359. — Nouv. dictionnaire portatif de bibliographie, par Fr.-Ign. Fournier. *Paris*, 1809, in-8, dem.-rel. — De l'usage des romans, où l'on fait voir leur utilité et leurs différens caractères, avec une bibliothèque des romans, par C. Gordon de Percel (Lenglet-Dufresnoy). *Amsterd.*, 1734, 2 vol. in-12, v. br. (*Rel. différente*). Ens. 3 vol. littéraires (par l'abbé de Laporte). *Paris*, 1758, in-18, v. m. — Ens. 4 vol.

360. — Dictionnaire des romans anciens et modernes (par A. Marc). *Paris*, 1819. — Bibliographie des principaux ouvrages relatifs à l'amour, aux femmes, au mariage, par le C. d'I***. *Paris*, 1861, gr. in-8, dem.-toile, ébarbé. — Ens. 2 vol.

361. — Dictionnaire des ouvrages anonymes et pseudonymes, par A. Barbier. *Paris*, 1806, 2 vol. in-8, v. rac. — Ch. Joliet. Les Pseudonymes du jour. *Paris*, 1884, in-12, br. — Ens. 3 vol.

362. — Bibliographie agronomique ou dictionnaire raisonné des ouvrages sur l'économie rurale et domestique et sur l'art vétérinaire (par Musset-Pathay). *Paris*, 1810, in-8, br.

363. — Bibliographie historique et critique de la presse périodique française, par Eug. Hatin. *Paris*, 1866, gr. in-8, br.

364. — Mélanges tirés d'une petite bibliothèque romantique, par Ch. Asselineau, illustrés d'un frontispice à l'eau-forte de Cél. Nanteuil. *Paris*, 1867, in-8, pap. vergé, br.

365. — Causeries d'un ami des livres. Les éditions originales des romantiques, par L. Derôme. *Paris, Rouveyre, s. d.*, 2 vol. gr. in-8, pap. vergé, br.

366. — Catalogue des livres de la bibliothèque de feu M. le duc de La Vallière, par Guill. de Bure, fils

aîné. *Paris*, 1783-1784, 3 vol. in-8, portr. gr. par Cochin, dem.-rel. v. ant.

367. — De l'état de la presse et des pamphlets depuis François Ier jusqu'à Louis XIV, par C. Leber. *Paris*, 1834, in-8, br. — Les grands journaux de France, par J. Brisson et F. Ribeyre. *Paris*, 1863, gr. in-8, br. — J. Lemonnyer. Essai bibliographique sur les publications de la proscription française. *Bruxelles*, 1873, br. in-12. — Les pamphlets de la fin de l'Empire, des Cent jours et de la Restauration, par A. Germond de Lavigne. *Paris*, 1879, in-12, br. — Bibliographie clérico-galante, par l'apôtre bibliographe (A. Laporte). *Paris*, 1879, in-8, br. — Les Petits romantiques, par L. Derôme. *Paris*, 1886, in-8, br. — Ens. 6 vol.

OUVRAGES EN NOMBRE

368. — Les cent manières d'aimer, dédiées aux deux sexes, par Loudolphe de Virmond. *Paris*, 1875, in-18 de 62 p.

440 exemplaires.

369. — Récréations bibliographiques, par Loudolphe de Virmond. *Paris*, 1882, in-18 de 187 p., br.

5 exemplaires petit papier.
38 — papier vergé.

LIVRES NON CATALOGUÉS

TABLE DES DIVISIONS

DOLE. — TYP. CH. BLIND.

CONDITIONS DE LA VENTE

Le libraire-expert se réserve la faculté de diviser ou de réunir les articles décrits au Catalogue, selon qu'il le jugera utile dans l'intérêt de la vente.

Les commissions des personnes qui ne pourraient assister à la vente seront remplies par la LIBRAIRIE A. CLAUDIN.

Il y aura exposition chaque jour de **2 heures 1/2 à 5 heures de l'après-midi** dans le local de la vente des articles catalogués devant être vendus à la vacation du soir.

L'exposition mettant chacun à même d'examiner et de vérifier ce que l'on désire acheter, *une fois l'adjudication prononcée*, les livres ne seront repris que dans le cas où ils seraient *incomplets*.

Toute réclamation de ce chef devra être faite dans les 24 heures de l'adjudication. Passé ce délai, elle ne serait plus admise.

Les livres vendus par groupes ou en lots ne sont pas admis à rapport pour quelque cause que ce puisse être.

Les acquéreurs paieront, suivant l'usage, 5 % en sus des enchères.

ORDRE DES VACATIONS

Première Vacation : Vendredi 24 juin.

Nos 1 à 179.

Deuxième Vacation : Samedi 25 juin.

Nos 180 à la fin.

Ouvrages en nombre.

Livres non catalogués.

www.ingramcontent.com/pod-product-compliance
Ingram Content Group UK Ltd.
Pitfield, Milton Keynes, MK11 3LW, UK
UKHW021126260726
13994UKWH00002B/998

9 782329 436791